핸드백 대신
배낭을 메고

소설가의 활력 갱생 에세이

핸드백 대신
배낭을 메고

유이카와 케이 지음 | 신찬 옮김

웅진 지식하우스

목차

프롤로그 · 6

1
내가 등산을? · 11

2
등산, 시작이 만만치 않다 · 29

3
산이 부른다 · 43

4
산이 이어준 것 · 55

5
산등성이에 반하다 · 73

6
등산은 놀이인가, 모험인가? · 91

7
오르고 싶은 산, 오를 수 없는 산, 올라서는 안 되는 산 · 105

8
산과 파트너 · 123

에필로그 · 252

16 에베레스트에 가다 · 221

15 다베이 준코의 존재 · 211

14 산도, 사람도 다양한 얼굴을 지니고 있다 · 201

13 산에서 무슨 일이 생기면? · 189

12 장비를 다시 점검해보다 · 177

11 겨울 산의 아름다움과 혹독함 · 163

10 후지산은 오르기 위한 산인가, 감상하기 위한 산인가? · 147

9 무섭고도 기이한 산 이야기 · 137

프롤로그

2015년 9월 29일 오후 열두 시 반.

도쿄 하네다 공항을 출발해 방콕을 경유해서 열세 시간 만에 도착한 네팔 카트만두의 트리부반 국제공항에서는 이국적인 향신료 냄새가 풍겼다. 우기의 막바지였지만 감사하게도 날씨는 맑았다. 기온 27도, 높이 1,380미터. 상상이 안 가는 높이의 도시다. 그래도 높이 덕에 공기가 건조해서 상쾌한 기분마저 들었다.

여행의 목적은 에베레스트(Everest, 높이 8,848미터) 트레킹이다. 목표는 칼라파타르(Kala Patthar, 네팔 동부 쿰부 지방에 있는 히말라야산 맥의 산, 높이 5,545미터)다. 칼라파타르는 후지산(富士山, 높이 3,776미터)보다 1,700미터 이상 높으며, 에베레스트 베이스캠프보다 200미터 더 높다. 여기를 약 12일에 걸쳐 오를 계획이다.

칼라파타르를 목표로 삼은 이유는 세계 최고봉인 에베레스트를 가장 아름답게 볼 수 있는 곳이기 때문이다. 그렇다. 세계 최고봉인 에베레스트를 내 눈으로 직접 보고 싶어서 긴 시간을 비행해 이곳에 왔다.

처음 방문한 카트만두는 이국적인 정서를 만끽하기에 충분했다. 사람들은 활기찼고 거리의 분위기도 네팔의 전통과 다양한 나라의 매력이 한데 어우러진 느낌이었다. 여독을 풀 겸 쉬엄쉬엄 즐길까 했지만, 다음 날부터 바로 트레킹이 시작될 예정이라 컨디션을 조절해야 했다.

일찌감치 호텔로 들어가 간단히 저녁을 먹고 욕조에 뜨거운 물을 받아 몸을 담갔다. 다음 날부터 12일간은 목욕을 할 수 없다. 결벽증은 없지만 이렇게 오랫동안 몸을 씻지 못하기는 이번이 처음이었다. 이렇게 생각하니 충분히 시간을 들여 목욕을 즐기고 싶어졌다.

목욕을 마친 후에는 짐을 정리했다. 배낭에 넣을 물건과 좁키오(야크와 물소의 교배종)에 실어 옮길 더플백(100리터가 넘는다)에 넣을 물건을 분류했다. 다음 날은 새벽 다섯 시에 일어나 경비행기를 타고 트레킹을 시작할 '루클라(Lukla)'라는 작은 마을로 향할 예정이었다.

잠을 청해보지만 흥분과 긴장으로 좀처럼 잠이 오지 않았다. 이제 와서 문득 이런 생각이 들었다. 올 2월에 환갑을 맞은 내가 에베레스트 트레킹에 나설 줄이야. 5,000미터급 산을 오르겠다고 여기에서 이러고 있다는 게 실감 나지 않았다.

나조차도 내가 신기했다.

나는 어쩌다 산에 오르게 되었을까?

뭐가 계기였을까? 등산 이야기를 하려면 아무래도 기르던 개 이야기부터 해야겠다. 나의 첫 반려견은 세인트버나드 암컷이었다.

개는 2000년 10월 우리 집에 왔다. 어릴 때부터 개를 기르고 싶었던 꿈이 이루어진 것이었다. 너무 기뻐서 어쩔 줄 몰라 하던 기억이 지금도 생생하다. 첫 반려견으로 세인트버나드를 고른 건 애니메이션 〈알프스 소녀 하이디〉에 나오는 요제프를 좋아했기 때문이다. 명석하고 얌전하고 힘도 센 요제프 같은 개와 함께 산다면 얼마나 즐거울까? 어린 시절 매일 밤 상상했다.

하지만 혹한의 스위스 산악 지역 출신인 세인트버나드를 도쿄에서 기를 수 있을지가 고민이었다. 이 문제를 애완동물병원에 상담했더니 직원이 환한 미소로 "물론이죠. 키울 수 있어요"라고 답했다. 세인트버나드와의 동거는 더 이상 꿈이 아니었다.

결심이 서자 케이지와 담요, 배변 패드, 사료 등 필요한 용품 구비는 물론, 개와 함께 산책할 것을 고려해서 근처에 공원이 있는 단독주택으로 이사까지 감행했다. 강아지의 이름은 '눈물 루(淚)'라고 짓고 '루이'라 불렀다. 처음 만났을 때 눈물을 글썽거리며 나를 올려다보던 모습이 눈에 밟혔기 때문이다. 생후 3개월에 4킬로그램이 채 나가지 않던 어린 루이는 정말 까무러치게 귀여웠다. 당시에는 70킬로그램까지 성장하는 대형견을 키우는 일이 얼마나 힘든지 미처 몰랐다.

이렇게 해서 꿈에 그리던 애견 라이프가 시작되었다. 그런데 작년 여름이 시작될 무렵부터 루이의 상태가 이상해졌다. 씩씩거리며 거친 숨을 몰아쉬고 침까지 흘리면서 온종일 누워 있기만 했다. 여름이 시작되기도 전에 더위를 먹은 것이었다.

이 정도로 더위에 약할 줄은 몰랐다. 놀란 마음에 그날부터 온종일 에어컨을 켜놓았다. 전기세가 어마어마하게 나오는 건 그렇다 치더라도 루이가 가장 즐거워하던 산책을 할 수 없다는 게 안타까웠다. 그렇다고 집에만 둘 수도 없어 새벽 두 시부터 네 시 사이에 산책을 단행했다. 이런 생활이 여름 내내 이어졌다.

이제 와서 애완동물 병원의 직원에게 따질 수도 없는 노릇이었다. 게다가 세인트버나드는 수명이 짧다. 평균 수명이 일곱 살이라고 한다. 짧은 시간을 즐겁게 보내려면 더 이상 이런 식으로 지낼 수는 없었다. 고민 끝에 힘들어도 도쿄 생활을 포기해야겠다는 생각에 이르렀다.

어렵사리 다시 이사를 하기로 결심했다. 다만 나와 남편의 일자리가 도쿄였기에 그리 멀리 갈 수는 없었다. 도쿄의 끝자락인 오쿠타마라면 시원할까? 아니면 가나가와나 지바처럼 바닷가 근처가 좋을까? 도심에서 지하철로 한 시간 정도 떨어진 적당한 곳을 물색해봤지만 이 정도 거리로는 기온차를 기대하기 어려웠다.

그런 와중에 뜻밖의 소식을 들었다. 내가 나오키상(直木賞) 후보에 오른 것이었다. 여성 취향의 로맨스 소설로 시작해서 부끄럽게도 16년간 나오키상은커녕 어느 문학상 후보에도 이름을 올리지 못했던 나였다. 상과는 인연이 없다고 생각했던 터라 정말 어리둥절한 소식이었다.

해가 바뀌자마자 수상이 결정되었다. 후보에 오른 것만으로도 명예롭다고 생각했는데, 청천벽력이라는 말을 이럴 때 쓰는구나 싶었다. 덕분에 갑자기 일이 바빠졌고 눈앞에 산적한 일들을 처리하는 데 필사적이었다. 하지만 마음 한편에서는 루이와 이사 걱정이 떠나지 않았다. 올여름에도 루이는 밖에 나가지 못하겠지? 집 안에서 녹초가 되어 있을 루이의 모습을 떠올리면 어떻게든 해야겠다는 생각이 들었지만, 어디로 갈지 갈피를 잡지 못하고 있었다.

그러던 중에 가루이자와에 사는 어느 작가와 이야기를 나눌 기회가 생겼다. 가루이자와에 가본 건 그때가 처음이었다. 도쿄에서 가루이자와에 가려면 사이타마현과 군마현을 지나야 하니 그때까지는 막연하게 먼 곳이라고 생각했다. 그런데 막상 가보니 신칸센을 타고 한 시간이면 도착하는 곳이었다.

가루이자와는 피서지로 유명하다. 틀림없이 여름철에도 시원할 듯했다. 교통수단을 지하철에서 신칸센으로 바꾸면 비용이 비싸지긴 해도 한 시간 만에 도쿄에 갈 수 있으니 이사 조건에도 맞았다. 거기까지 생각이 미치자 나머지 절차는 일사천리였다. 인터넷에서 찾아둔 부동산에 미리 연락해서 당장 물건을 보기로 했다.

신칸센에서 내리자 역시나 공기가 사뭇 달랐다. 5월 초였음에도 공기가 차고 맑아서 숨을 깊게 들이마시니 폐 속이 씻겨나가는 듯했다.

역 개찰구에서 만난 부동산 중개인의 차를 타고 18번 국도를 서쪽으로 달렸다. 5분가량 시간이 흘렀을까? 아사마산(浅間山, 높이 2,568미터)이 시야에 가득 들어왔다. 아름다움과 위엄을 겸비한 모습에 순간 압도당했다. 정상에는 흰 연기가 은은하게 피어오르고 길게 뻗은 산등성이가 우아한 곡선을 그리고 있었다. 말로 표현이 안 되는 풍경에 매료되어 그 순간 여기서 살아야겠다는 결심이 절반쯤 섰던 것 같다. 가루이자와에 도착한 지 10분이 채 지나기도 전에 말이다.

약속한 두 시간 동안 가능한 한 많은 집을 보기로 했다. 발품을 팔아야 겨우 찾을까 말까 한 집을 두 시간 안에 찾아야 한다고 생각하니 꽤나 초조했다. 그런데 인연이라는 게 정말 있는 걸까? 두 시간 만에 장소도 넓이도 가격까지도 조건에 꼭 들어맞는 집을 찾아냈다.

큰길에서 떨어진 곳에 있어 아스팔트가 아닌 흙길이었지

만, 역에서 차로 6분 거리였다. 조용하고 주변에 수목이 우거져서 신선한 풀 향과 자연의 냄새로 가득한 곳이었다.

'결심했어! 루이를 데려와서 여기서 살자.'

도쿄로 돌아오자마자 남편에게 소식을 전했다. 남편은 적잖이 놀란 모양이었다. 식당에서 메뉴도 좀처럼 정하지 못하는 우유부단한 내가 단 두 시간 만에 앞으로의 인생을 좌우할 일을 결심했다고 하니 말이다.

그다음 주에 둘이서 가루이자와로 향했다.

"여기라면 루이도 좋아하겠네."

남편도 주변 환경을 살펴보고는 내 의견에 수긍했다.

"왜 하필 지금이야?"라며 의아해하는 사람도 있었다. 나오키상을 받은 후 그야말로 일감이 쏟아졌다. 소설가는 '때'라는 게 존재하는 직업이다. 아프기라도 하면 그걸로 끝이다. 무엇보다 기회와 감이 좋은 지금 일을 하지 않으면 도대체 언제 할 수 있을까 하는 걱정도 들었다. 하지만 지칠 대로 지친 루이를 이대로 내버려둘 수는 없었다. 활기를 잃고 축 처져 있는 루이가 안쓰러워 보이는 동시에 반려견을 키우고 싶어 했던 나의 이기심이 떠올라 힘들었다.

이듬해인 2003년 6월, 드디어 가루이자와로 이사를 했다.

질풍노도 속에서 치른 이사였다.

이렇게까지 해서 이주를 결심했는데, 이사하고 나서 루이를 보니 맥이 빠졌다. 루이가 기뻐하리라는 기대와 달리 도무지 집 밖으로 나가려고 하지 않는 것이었다. 도시에서 자란 탓에 처음 접하는 자연이 두려웠던 걸까?

"루이야, 너 때문에 여기에 온 거야!"

그때만큼 실망스러웠던 적이 없다. 그러나 그것도 잠시였다. 일주일 정도 지나자 루이는 조금씩 산책이 익숙해지는 듯했다. 유전자에 숨어 있던 본능이 되살아나는 듯 루이의 눈이 반짝였다.

루이와 함께 산책을 하기 위해서 나는 매일 새벽 네 시에 일어났다. 같이 한 시간 정도 걷고 돌아오면 나는 곧이어 루이의 아침을 준비했다. 모두 내가 직접 만들기 때문에 다소 시간이 걸렸다. 루이가 식사를 마치면 루이의 얼굴과 몸을 닦느라 산더미처럼 쌓인 수건을 세탁할 차례다. 여기까지 끝내고 나서 나도 아침을 먹고 잠시 짬을 내서 쉰다. 그리고 나면 두 번째 산책 시간이 된다. 그리고 저녁에 마지막으로 한 번 더 산책을 시키고 저녁을 먹인다.

이처럼 가루이자와 생활 대부분이 루이를 돌보는 시간이었다. 살아온 인생 중에 가장 일감이 많았던 시기였지만 일을 어떻게 해냈는지 기억이 나질 않는다. 스스로도 글을 쓴 내가 신기할 따름이다.

가루이자와는 높이 1,000미터 정도의 고지대인 데다 주변은 낙엽송이나 삼나무처럼 키가 큰 나무로 뒤덮여 있다. 또 조금만 걸어가면 아사마산을 볼 수 있다.

아사마산은 계절마다, 날씨마다 다른 매력을 보여준다. 눈에 덮이면 덮이는 대로 아름답다. '오늘은 아사마산이 어떤 모습을 하고 있을까?' 가루이자와 사람들은 습관처럼 매일 아침 아사마산을 기다린다.

아사마산은 내가 이주한 이듬해인 2004년 9월 1일 저녁에 분화했다. 그때 나는 역 앞 술집에 있었다. 쾅! 하고 지축을 울리는 소리와 함께 창문이 덜컹거리며 흔들려서 가게 안에 있던 모든 사람이 반사적으로 몸을 웅크렸다. 근처에서 가스가 폭발했나 싶었는데, 잠시 후 술집 점원이 말했다.

"아사마산이 폭발했대요."

활화산이라는 것은 알았지만 설마 분화하리라고는 상상도 못 했다. 폭발 규모가 작지 않아서 분출하는 용암과 암석 파편을 봤다는 사람도 있었지만, 무엇보다 큰 피해가 없어서 다행이었다.

다만 화산재가 날리는 바람에 당분간 루이와의 산책을 쉴 수밖에 없었다. 나뭇잎 등 곳곳에 쌓인 화산재는 바람에 날려 공기 중에 떠다녔다. 눈을 뜨는 것은 물론 숨쉬기조차 힘들어서 방진 마스크와 보안경을 쓰고 다녀야 했다.

사람은 이렇게라도 해서 견딜 수 있지만 개는 그저 버텨야 했다. 화산재는 나무나 종이가 타서 생기는 재와는 성분과 성질이 다르다. 마셔서 좋을 게 전혀 없으니 루이의 산책은 용변을 볼 수 있을 만큼만 허락되었다. 그 짧은 사이에도 루이는 재를 온몸에 뒤집어썼고 몸을 닦을 더 많은 수건이 필요했다. 그만큼 세탁량도 늘었다.

아사마산을 무대로

그로부터 1년 후 마이니치 신문사에서 소설 연재 의뢰를 받았다. 신문 연재는 처음이었던 탓에 긴장도 됐고 의욕도 컸다.

담당 편집자인 시게사토 데쓰야 씨가 미팅 자리에서 "어떤 내용으로 쓰실 건가요?"라고 물었다.

"가루이자와를 무대로 쓰고 싶어요."

가루이자와가 피서지로서 각광을 받기 시작하던 시절이었다. 당시 가루이자와에는 7,000세대 정도가 거주하고 있었는데, 별장은 무려 1만 3,000호가 넘었다. 해마다 여름이 오면 가루이자와는 별장을 찾는 사람들로 붐볐다. 이런 분위기는 현지 주민들에게도 이미 익숙한 것이었다. 이곳은 메이지 시대부터 백 년이 넘는 역사를 지닌 피서지였다. 매년 많은 주민과 관광객이 여름의 재회를 기다렸다.

이런 가루이자와의 특수성에서 착안하여 별장에 놀러 온 도쿄 출신 고등학생과 현지 고등학생의 30년에 걸친 관계를 그리는 소설을 구상했다.

첫 장면은 당연히 아사마산으로 정했다. 가루이자와의 상징이니까. 가을이 끝날 무렵, 고등학생 네 명이 아사마산을 오른다. 그런데 그중 한 남학생이 추락사한다. 사고 후 비통함을 함께 짊어진 세 명의 친구가 살아가는 모습을 담아보자는 생각이었다.

이 구상에 대해 시게사토 씨에게 이야기하자 "그럼, 한번 올라가볼까요?"라며 아사마산을 안내해달라고 부탁했다. 참고로 시게사토 씨는 학창 시절 산악부 출신이었다. 당시 아사마산은 분화가 진정되어 경계 레벨이 1단계로 낮은 수준이었다. 미팅에 함께 온 일러스트 작가인 오사나이 히토미 씨도 눈으로 꼭 보고 싶다며 아사마산을 오르겠다고 했다.

아사마산 산행에는 보통 일곱 시간 정도가 소요된다고 한다. 아사마산을 배경으로 글을 쓰겠다고 마음먹은 이상 나 또한 오르지 않을 수 없었다. 다만 체력에도, 정신력에도 솔직히 자신이 없었다. 어릴 때는 나름 스포츠를 좋아했지만 오랫동안 운동과 담을 쌓고 지냈다. 나에게 아사마산 등산은 그저 가벼운 산책이 아니었다.

그날은 다른 일정도 있었고, 솔직히 부담스러운 속내도 더해 시게사토 씨와 오사나이 씨 둘이서 먼저 다녀오라며 남편과 함께 보냈다. 남편은 아웃도어 잡지 기자로 일하고 있었고, 많지는 않지만 등산 경험도 있었다. 무엇보다 두 사람과 남편은 친분이 두터웠다.

하지만 웬지 남편은 썩 내키지 않는 표정이었다. 나중에 물어보니 실은 산에 대한 좋은 기억이 없기 때문이었다고 한다. 젊을 때 여러 등산가들과 함께 일했는데 그들과의 교류는 즐거웠지만 산은 그에게 쉬운 존재가 아니었다고 한다. 그럼에도 내 부탁을 마지못해 들어준 것이었다.

그들은 저녁 무렵이 돼서야 돌아왔다. 집에 도착했을 때 세 사람의 표정은 지금도 잊을 수 없다. 머리는 땀에 젖고 거친 숨을 몰아쉬고 있었지만, 얼굴은 상기되어 어린아이처럼 눈이 반짝이고 있었다. 처음에 탐탁지 않아 하던 남편도 모처럼의 등산이 의외로 즐거웠는지 만면에 미소를 띠었다.

그날 저녁 식사에서는 세 사람이 흥분에 들떠서 쏟아내는 등산 후일담으로 웃음이 끊이지 않았다. 언덕이 가팔라서 너무 힘들었다느니, 경치가 끝내줬다느니, 야생 산양을 본 건 정말 행운이었다느니, 좀처럼 대화에 낄 수 없던 나는 점점 속상해졌다.

그러다가 나도 모르게 말이 튀어나왔다.

"나도 가고 싶어요."

이 말은 한 달 후에 실현되었다.

아사마산은 높이 2,568미터의 복식 화산이다. 정상의 분화구는 출입이 금지되어 있어 외륜산(복식 화산에서 중앙의 분화구를 둥글게 둘러싸고 있는 산)인 마에카케산(前掛山, 높이 2,624미터)이 실제로 오를 수 있는 최고봉이다.

집에서 차로 40분가량 달려 높이 약 1,400미터 지점에 있는 덴구온천 아사마산 산장 등산로 입구로 향했다. 남편은 루이와 함께 집을 지키기로 해서 이번 산행은 덴구온천 사장님에게 가이드를 부탁했다. 혼자 가기에는 어쩐지 무서워서 아는 편집자들에게 말했더니 일곱 명 정도가 같이 가겠다고 와주었다. 사실 나에게 산에 오른다고 표현할 만한 산행은 사실상 이번이 거의 처음이었기에 혼자서는 좀처럼 용기가 나질 않았다.

등산로 입구에서 출발해 하천을 따라 산길을 올라갔다. 하천은 철 성분 때문인지 갈색빛이 돌았다. 주위에 키 큰 나무들이 곧게 자라 있어 나뭇가지 사이로 햇살이 비집고 들어왔다. 다행히 경사도 그리 급하지 않았다.

'아아, 기분 좋다. 이럴 줄 알았다면 좀 더 빨리 올걸.'

하지만 이런 기분도 잠시, 곧바로 후회가 밀려왔다. 호흡이 가빠지고 발이 앞으로 나가지 않는 데다가 땀도 차고 심장도 쿵쾅거렸다. 마음을 다잡고 힘을 내보려 해도 몸이 생각처럼 움직이지 않았다. 그야말로 '고통'이었다. 괜히 오자고 했다는 생각이 머릿속을 채웠다.

등산로 입구부터 쉼터인 첫 번째 도리이(鳥居, 신사 입구에 세우는 문 - 옮긴이주)까지는 약 30분이 소요된다. 하지만 오르는 동안 몇 번이나 걸음을 멈추느라 결국 두 배나 걸렸다.

이후 두 번째 도리이를 지나 들판을 걷는데도 고통이 잠잠해지기는커녕 점점 더 심해졌다. 높이 약 2,000미터인 가잔칸(火山館)에 도착했을 때는 여기까지가 한계라는 걸 느꼈다.

가잔칸은 2층짜리 통나무집이다. 테라스에서 휴식을 취하며 물을 마실 수 있고 화장실도 있었다. 테라스 아래는 대피소라서 긴급 상황 발생 시 피난처 역할을 했다. 관장은 무뚝

뚝한 산 사나이였다.

　이곳에서 점심을 먹기로 하고 도시락을 펼쳐놓았지만, 도저히 밥이 목으로 넘어가지 않았다. 그 정도로 지쳤다. 다만 가이드를 해준 덴구온천 사장님이 야생 명이나물을 넣어 만든 된장국 맛 하나는 기가 막혔다.

　가잔칸에서 정상까지는 높이 약 500미터였다. 더는 오를 엄두가 나지 않았다. 동행해준 분들에게는 미안했지만 여기에서 하산하기로 했다. 하산한다는 마음에 한숨 돌렸다고 생각했는데 내리막도 여간 힘든 게 아니었다. 다리가 후들후들 떨린다는 말이 이런 거구나 체감했다. 작은 돌부리에도 걸리고 미끄러져 엉덩방아를 몇 번이나 찧으며 비틀비틀 간신히 등산로 입구까지 왔다. 집으로 돌아와서는 씻자마자 곧바로 곯아떨어졌다.

　다음 날, 영광의 근육통에 시달리며 굳게 결심했다.

　'두 번 다시 산에는 안 가!'

　이런 나와는 달리 남편은 종종 혼자서도 산행에 나서기 시작했다. 남편은 오르면 오를수록 등산이 즐겁다며 루이와의 아침 산책이 끝나기 무섭게 서둘러 배낭을 차에 싣고 산으로 향했다.

그러던 중에 산행을 다녀간 사람들과 그들의 소문에 이끌려 산에 가고 싶어 하는 편집자나 지인이 늘어갔다. 어느새 조촐한 등산 모임이 만들어졌다.

어느 날 남편이 내게 물었다.

"운동할 생각 없어?"

나도 내가 운동이 부족하다는 사실을 인지하고 있었다. 책상머리에만 앉아 있어서 그런지 평소에 허리가 아파서 뭐든 해야겠다고 생각하던 차였다. 물론 등산이라면 좀 더 고민해봐야겠지만 말이다.

"당신, 살쪘어."

이렇게 직설적일 수가. 남편의 말이 비수처럼 꽂혔다. 하지만 부정할 수 없었다. 생각해보면 최근 몇 년간 체중이 5킬로그램이나 늘었다. 요통의 원인이 사실은 이놈의 살이라는 것도 자각하고 있었다.

"등산은 참 좋은 운동이야. 오르막과 내리막을 오르내리면 근육도 붙고 말이지."

"그런데 일도 해야 하고……, 루이는 어떡해?"

산에 갈 마음이 전혀 없던 나는 남편의 말을 한 귀로 흘려들었다.

2010년 3월 31일, 루이가 세상을 떠났다. 아홉 살 하고 5개월. 세인트버나드치고는 천수를 누렸다고 할 만하다.

생활의 중심이었던 루이가 죽고 난 후 하루하루를 맥없이 멍하니 보냈다. 산책은 물론이고 더는 손수 사료 준비를 하지 않아도 됐다. 산더미 같던 수건 세탁도 이제는 안녕이었다. 이 일을 하지 않으면 얼마나 좋을까 하고 숱하게 생각했지만 실제로 그런 상황에 부닥치자 뭐가 좋은 건지 모르겠다 싶었다. 일에도 집중이 안 되고 시간만 속절없이 흘러갔다. 각오는 했지만 상실감은 생각보다 깊었다.

남편은 이런 내 모습을 마냥 볼 수 없었던지 "아사마산에 다시 가보자. 오를 수 있는 곳까지만이라도. 힘들면 도중에 돌아오면 되잖아?"라고 제안했다.

산에는 두 번 다시 가지 않을 작정이었다. 등산이 끔찍할 정도로 싫었다. 그런데 정신을 차리고 보니 "가볼래"라고 대답한 뒤였다.

이유는 모르겠지만 산행의 고통을 맛보고 싶었던 것 같다. 숨이 차오르고 심장이 터질 듯한 고통, 아무 생각도 할 수 없는 한계점까지 나를 몰아붙이고 싶었다. 그렇게 하면 루이를 잃은 상실감에서 벗어날 수 있을 것 같았다. 정상까지 꼭 가지 않아도 된다는 남편의 말이 마음을 한결 가볍게 하는 데 한

몫하기도 했다. 만약 그때 힘내서 정상까지 가보자고 했다면 결코 가지 않았을 테다. 역시 남편은 나를 너무 잘 알고 있다.

이렇게 해서 오랜만에 아사마산을 다시 올랐다. 역시 힘들었다. 숨이 가쁘고 한 발짝 한 발짝이 고행이었다. 코스 평균 소요 시간을 크게 넘겨서 간신히 가잔칸까지 갔는데, 역시나 거기까지가 한계였다. 당연히 하산은 비틀비틀. 집에 돌아왔을 때는 만신창이가 되었다. 아니나 다를까 다음 날부터 근육통에 시달렸다.

하지만 놀랍게도 이런 생각이 들었다.

'다시 오를 거야.'

오기였는지 뭐였는지 왜 그런 생각을 했는지 지금도 명쾌하게 설명할 수 없다. 그냥 궁금했던 것 같다. 피로와 근육통을 견디며 꼭대기까지 오르면 어떤 풍경이 펼쳐질까? 어떤 바람이 불고 어떤 냄새가 날까? 과연 어떤 기분일까?

모든 게 궁금해지기 시작했다. 동시에 '비록 지금은 안 되겠지만 노력하면 언젠가 정상에 설 수 있을 거야'라는 작은 소망도 싹텄다.

등산에 눈을 뜨기 시작한 순간이었다.

2

등산,
시
작
이
만
만
치
않
다

이런 심경의 변화를 말하자 대장이 말했다(이제부터 남편을 대
장이라 칭하겠다).

"그래? 그럼 장비를 제대로 구비해볼까? 목숨이 달린 문
제이기도 하고 초보자일수록 장비에 의존할 일이 많으니까."

이제부터 대장의 말을 전적으로 신뢰할 수밖에 없었다.

등산화, 배낭, 우비는 등산할 때 반드시 갖추어야 할 기본
장비다. 예전에 썼던 장비들은 시간에 쫓겨 어쩔 수 없이 마

런한 형편없는 것들이었다. 등산을 계속할 생각이 전혀 없었기 때문에 돈을 쓰기가 아까웠다. 그래서 집 근처 대형 아웃렛 매장에서 겉모양만 그럴싸한 등산화와 하이킹용 배낭, 우비를 샀던 것이다.

아니나 다를까 두 번째 산행부터는 '이걸로는 안 되겠다'는 생각이 절실했다. 등산화는 바닥이 미끄럽고 높이도 복사뼈까지밖에 오지 않는 낮은 것이라 발목이 계속 휘청거렸다. 배낭은 특별히 든 물건도 없는데 멨을 때 균형이 잡히지 않아서 자꾸만 어깨에서 흘러내렸다. 또 우비는 입으면 금세 습기가 차는 바람에 땀범벅이 되기 일쑤였다.

처음 산에 올랐을 때까지만 해도 등산은 땀내 나는 남자들의 세계라고 생각했다. 하지만 최근 등산이 붐이어서 그런지 등산을 하는 여성들도 제법 많았다. 산의 매력에 빠진 여성들이었다. 무엇보다 나보다 연배가 높아 보이는 여성도 눈에 띄어서 안심했다.

어쨌든 등산화부터 다시 사야 했다. 요즘은 등산용품 종류가 매우 다양해졌다. 점원에게 2,500미터급 트레킹화가 필요하다고 하자 몇 가지 제품을 보여주었다. 그중에 하나를 신어봤는데 깜짝 놀랐다. 가볍기도 했지만 발에 착 감기는 느낌이 아주 좋았다. 전에 구매한 신발과는 비교할 수 없는 느낌이었다. 몇 켤레를 더 신어보고 대장과 점원에게 상담한 후 마음에 드는 제품을 골랐다.

그런데 가격표를 본 순간 머릿속이 복잡해졌다. 생각보다 많이 비쌌다. 봄, 가을, 겨울 세 시즌용이 4만 엔 전후였다. 상급자용이라 이렇게 비싼 건가? 다소 망설였지만 본격적으로 등산을 해보자고 결심했던 터라 두 눈을 질끈 감고 질렀다. 내가 가지고 있는 모든 신발(펌프스, 샌들, 부츠 등)을 통틀어 가장 비싼 신발이 되었다.

배낭을 고를 때도 무척 고민스러웠다. 무게가 50킬로그램 정도 나가는 짐을 넣고 배낭을 메봤는데 제품에 따라 그 느낌이 매우 달랐다. 비싸다고 다 좋은 것도 아니었다. 같은 짐을 넣어도 더 무겁게 느껴지는 배낭이 있는가 하면 놀라울 정도로 가볍게 느껴지는 배낭도 있었다. 배낭은 자신의 체형에 딱 맞는 제품을 찾을 때까지 절대로 타협을 해서는 안 된다고 한다. 나도 거의 스무 개쯤 메어봤을 정도다.

우비는 인기가 좋은 고어텍스 소재로 골랐다. 아직은 고어텍스를 능가하는 소재가 없다고 한다. 위아래 세트로 구매했다.

이렇게 해서 반드시 갖추어야 할 세 가지 기본 장비를 구비했다. 그런데 사람의 욕심이라는 게 어디 그런가? 나도 모르게 등산복에 눈이 가고 말았다. 이너부터 아우터까지, 색도 모양도 세련되고 기능도 뛰어난 의류가 넘쳐났다. 그 밖에도 스패츠(spats, 겨울철 산행 시 신발 안에 눈이 들어오거나 바지가 젖는 것을 방지하기 위해 발목부터 무릎까지 감싸주는 장비)나 장갑, 모자, 편리해 보이는 히프 색, 습기가 차지 않는 선글라스, 땀 흡수율이 뛰어난 넥게이터(neck gaiter, 방한, 방진 등을 위해 목에 두르는 장비) 등 갖고 싶은 등산용품이 너무나 다양해서 보기만 해도 가슴이 두근거리고 구매욕이 상승했다. 이미 갖고 있는 걸로도 충분하다고 나 자신을 달래봤지만, '대신에 일상복을 안 사면 되잖아?'라는 적당한 평계를 찾아내고는 결국 계산대 앞에 물건을 잔뜩 쏟아냈다.

이후에도 등산용품점에 번질나게 드나들었다. 갈 때마다 사고 싶은 용품이 생겨서 곤란할 지경이었다. 처음에는 가격이 비싸서 좀처럼 접근하기 힘든 곳이었는데, 나중에는 다른 의미로 가서는 안 될 곳이 되고 말았다.

변명이 아니라 등산복은 산에 갈 때만 입는 옷이 아니다. 일상복으로도 입을 수 있다. 내가 살고 있는 가루이자와는 겨울철 기온이 때로는 영하 20도까지 내려가기도 해서 그런 날에는 등산복만 한 게 없다. 다운재킷은 겨울철 필수품이 된지 오래다.

등산복뿐만 아니라 각종 등산용품은 일상생활에서도 매우 유용하다. 예전에 대형 태풍으로 사흘간 정전이 이어진 적이 있었다. 전기뿐만 아니라 가스도 끊겨서 밥을 어떻게 해 먹을지 고민이었는데, 대장이 창고에서 버너와 코펠을 꺼내 와서 따뜻한 음식을 만들 수 있었다.

또 한번은 밤새 1미터가 넘는 눈이 쌓여 사람도 차도 집 밖으로 나갈 수 없어서 스노슈즈를 신고 대형 배낭을 짊어지고 마트까지 가기도 했다. 등산용품은 재난 시 큰 도움이 된다는 말이 허튼소리가 아님을 실감했다.

어쨌든 이렇게 장비를 모두 갖추자 대장이 말했다.

"일단은 트레이닝부터 해야 해."

매일 착실히 운동해서 근력과 심폐기능을 향상시키라는 것이었다.

다행히도 딱 알맞은 장소가 있었다. 가루이자와에는 하나레산(離山)이 있다. 탁자처럼 생겨서 테이블 마운틴이라고도 부르며 높이가 1,256미터로 등산로 입구부터 정상까지의 높이는 대략 250미터다. 등산로에는 남쪽 입구와 동쪽 입구가 있는데 어느 쪽에서 출발하든 한 시간 정도면 정상까지 오를 수 있다. 동쪽 코스는 등산로가 잘 정돈되어 있어 걷기 편하고, 남쪽 코스는 집에서 도보로 10분 거리로 가까워서 편리하다. 게다가 남쪽 코스는 간선 도로와 닿아 있어서 몇 발자국만 움직이면 온통 키 큰 나무들에 둘러싸인 숲으로 들어갈 수 있다. 또한 완사면과 급경사면, 수풀을 헤치며 나아가야 하는 구간, 계단으로 이루어진 구간 등이 조화롭게 구성되어 있다. 짧지만 꽤 힘들기도 해서 등산의 묘미를 맛볼 수 있는 코스이기도 하다. 정상에 서면 아사마산의 아름다운 자태를 가까이에서 감상할 수 있었다. 여러모로 트레이닝에 안성맞춤이었다.

이런 이유로 일주일에 두세 번 하나레산 남쪽 코스를 올랐다. 한 달가량 해보니 체력과 근력이 조금씩 붙는 게 느껴졌다. 초반에는 10분만 걸어도 헉헉거렸는데, 어느새 20분을 걸어도 숨이 가쁘지 않고 물컹거렸던 종아리도 조금씩 단단해졌다. 실로 오랜만에 느끼는 기분이었다.

하나레산은 마을에서 가까운 곳에 있지만, 산은 산이었다. 몇 차례 위험한 순간을 맞닥뜨리기도 했다. 무려 멧돼지를 만난 것이다. 그것도 제법 큰 멧돼지를 세 마리씩이나. 20미터 정도 떨어진 곳에서 서성거리던 녀석들을 발견한 순간 다리가 얼어붙고 말았다. 우리 쪽으로 달려들면 어떡하나 하고 잔뜩 몸을 웅크렸다. 하지만 멧돼지도 우리를 보고 놀랐는지 '다다다다' 발소리를 내며 도망쳐서 가슴을 쓸어내렸다.

또 한번은 이런 일도 있었다. 등산로를 걷다가 문득 나무를 올려다봤는데 강아지가 눈에 들어왔다. 몸집이 작았지만 분명 귀여운 강아지였다.

"어째서 저런 곳에 강아지가 있지?"

의아해하며 뒤를 돌아보니 대장이 상기된 얼굴로 오른손에는 등산 나이프를, 왼손에는 곰 퇴치용 스프레이를 들고 서 있는 게 아닌가.

"저건 새끼 곰이야. 어미 곰은 자신이 먹이를 먹고 있을 때 새끼를 안전한 나무 위에 올려둬. 나무 아래 수풀 속에 어미 곰이 있다는 뜻이지. 조용히 빨리 이곳을 벗어나자."

하나레산은 곰이 자주 출몰하는 지역이다. 어미 곰을 자극하지 않으면서 살금살금 등산로를 올라갔다. 어미 곰의 실제 모습은 보지 못했지만 분명히 나뭇가지가 꺾이는 소리를 들었다.

실은 곰 퇴치용 스프레이의 존재를 그때 처음 알았다. 그동안은 그 스프레이를 우리 몸에 뿌려 해충을 막는 용도로 알고 있었다.

"그…… 그래? 그거 곰한테 뿌리는 거였어?"

그때 알지 못했다면 어처구니없는 일을 벌일 뻔했다.

심지어 원숭이에게 포위당하기도 했다. 땅만 보고 걷다가 문득 고개를 들었는데 십여 마리의 원숭이들이 우리를 둘러싸고 있었던 것이다. 원숭이들은 뚫어져라 우리 쪽을 보고 있었다. 급히 시선을 피하고 '우리는 여러분에게 적대감이 없어요'라는 의사를 필사적으로 풍기면서 슬그머니 자리를 피해 간신히 위기를 모면했다. 야생 산양을 처음 본 것도 하나레산에서였다. 새끼를 데리고 있었는데 너무 조그맣고 사랑스러웠다.

하나레산은 동물뿐만 아니라 삼림도 풍부해서 봄에는 가루이자와를 상징하는 꽃인 앵초꽃이 만발하고, 가을에는 단풍이 매혹적이다. 마을에서 별로 멀지 않은데도 이곳의 풍경은 사뭇 다르다. 거칠면서도 아름다운 모습이 바로 하나레산의 매력이다.

하나레산에서 트레이닝을 하면서 한 달에 한두 번은 아사마산을 올랐다. 한 번에 정상까지 오르지는 못했다. 초반에는 약 2,000미터 높이에 있는 가잔칸까지가 한계였지만, 트레이닝을 하면서 조금씩 한계를 높일 수 있었다. 그리고 아사마산 다음으로 최고봉인 마에카케산 중턱까지로 조금씩 거리를 늘여갔다. 마에카케산 정상을 밟기까지는 반년이나 걸렸다.

마에카케산의 등산로는 산을 휘감고 있는 모양새인 데다가 대부분이 너덜겅(돌이 많이 흩어져 덮인 비탈)이어서 오르기가 여간 힘든 게 아니었다. 발을 딛다가 미끄러지기 일쑤여서 앞으로 나아가는 데 애를 먹었다. 그만큼 체력과 시간이 많이 들었다. 좀처럼 앞으로 나가지 못하고 헉헉거리는 거친 숨소리만 귓전을 맴돌았다. 게다가 건조한 날이면 먼지가 많아서 목도 아팠다. 오르는 시간보다 쉬는 시간이 더 많을 정도였다.

하지만 마침내 마에카케산 정상에 오르면 시야를 가리는 장애물은 모두 사라지고 눈앞에 펼쳐지는 멋진 풍경을 만끽할 수 있었다. 수목한계(고산에서 저온으로 삼림이 이루어지지 않는 한계선)보다 높기 때문에 나무들은 눈에 띄지 않고, 외륜산인 구로후산(黑斑山, 높이 2,404미터), 자코쓰산(蛇骨岳, 높이 2,366미터), 센닌산(仙人岳, 높이 2,319미터), 노코기리산(鋸岳, 높이 2,254미터)의 산등성이가 손에 닿을 듯 가깝게 보였다.

가잔칸에서 출발해 정상 부근의 대피소에 도착하기까지 한 시간 반가량이 걸렸다. 일단은 대피소에서 잠시 한숨을 돌린 후 배낭을 맡겨두고 산등성이를 걸어서 정상으로 향했다.

정상으로 향하는 길은 크게 비탈지지는 않았지만 한없이 멀어 보였다. 적어도 한 시간은 걸릴 거라고 생각해 나름 각오를 다졌는데 대장이 20분이면 도착한다고 해서 놀랐다. 산에서는 거리감이 평지와 조금 다르게 느껴진다. 멀어 보이지만 의외로 가깝기도 하고, 가깝다고 생각했는데 한참 걸리기도 한다.

배낭을 벗어두고 걸으니 한결 홀가분했다. 그런데 걷기 시작하고 얼마 안 돼서 멈춰섰다. 산등성이가 잘려 나가 길이 좁아져 있었던 것이다. 폭이 채 2미터도 되지 않는 길도 보였다. 게다가 왼쪽에 있는 분화구는 100미터 아래 낭떠러지였다. 바람이 세게 불면 떨어질 것만 같았다. 이런 코스는 처음이라서 잔뜩 긴장하며 한 걸음 한 걸음 조심스럽게 앞으로 내딛었다.

대장의 말대로 약 20분 만에 정상에 도착했다. 정상에는 역시나 최고의 경치가 기다리고 있었다. 눈을 돌리면 후지산을 비롯해서 야쓰가산(八ヶ岳), 온타케산(御嶽山), 노리쿠라산(乘鞍岳), 호타카연봉(穗高連峰) 그리고 이름을 모르는 산들이 호쾌하게 연달아 펼쳐졌다.

'나 같은 사람도 노력하면 정상에 설 수 있구나!'

여기에 오르기까지 너무나 오래 걸렸고 얼마나 힘들었는지 모른다. 그래서 그만큼 더 기뻤다. 성취감과 만족감이 가득 차오르고 소박하지만 강렬한 감동이 밀려왔다. 정말로 오랜만에 느껴보는 기분이었다.

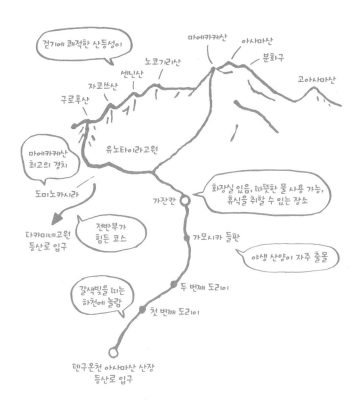

불과 얼마 전까지만 해도 산과는 평생 인연이 없으리라고 생각했다. 좀 더 솔직히 말하면 산을 오른다는 발상 자체가 없었다. 지금은 이 세상에 없는 루이와의 만남이 나를 정상으로 이끌었다고 생각하니 눈물이 날 것 같았다.

하지만 이런 감회에 빠져 있는 것도 잠시였다.

"정상에서 오래 머물면 안 돼."

대장의 말에 사진을 찍고 서둘러 하산했다. 당연한 말이지만 오르막 다음에는 내리막이 기다리고 있다. 내리막에서는 오르막에서 그랬던 것 이상으로 눈앞의 낭떠러지가 위협적으로 느껴졌다. 너무 무서워서 발길이 떨어지지 않았다. 가능한 한 절벽 쪽은 보지 않고 '괜찮아, 괜찮아'라고 나를 다독이며 신중하게 내려갔다. 왕복 일곱 시간. 집에 도착했을 때는 역시나 녹초가 되었지만 정말로 뿌듯한 산행이었다.

요즘에도 종종 아사마산에 오른다. 외륜산이나 중턱까지 오른 것도 포함하면 백 번 넘게 아사마산을 오른 듯하다. 바위를 타거나 사다리를 오르는 위험한 구간도 없고 등산로도 잘 정비되어 있는 곳이라 가능했다. 그뿐만 아니라 운이 좋으면 야생 산양도 만날 수 있다.

이제 아사마산은 나의 홈그라운드이다.

3

산이
부른다

"매번 같은 산을 오르는데도 안 질려요?"

백 대 명산을 목표로 전국을 돈다는 어느 분께 들은 말이다. 그에게는 어쩌면 당연한 의문일지도 모르겠다. 하지만 산은 계절에 따라 전혀 다른 얼굴을 한다. 눈부신 신록이 뒤덮는 봄, 고산식물이 흐드러지게 자라는 여름, 단풍에 매료되는 가을, 순백의 세상을 선사하는 겨울까지 모두 제각기 다른 정취와 감동, 재미를 준다.

날씨나 내 몸 상태에 따라서도 산의 인상은 달라진다. 흐려서 음울한 분위기에 젖어 있다가도 금세 청명해지고, 그러다가 한 치 앞도 분간하기 어려워지기도 한다. 항상 아무렇지 않게 다니던 바윗길도 비에 젖으면 미끄럽고 위험해진다. 또 몸 상태가 나쁘면 완만한 언덕도 급경사 못지않게 힘들다.

백 번을 올라도 매번 다른 느낌이라 질리기는커녕 익숙해지지 않는다. 어쩌면 이제껏 아사마산의 극히 일부만 경험했던 것일지도 모른다. 변화무쌍한 모습에 산이 살아 있음을 느낀다. 뿐만 아니라 자연이 주는 새로운 선물 앞에 경외감과 함께 이렇게 살아 움직일 수 있음에 감사하게 된다.

지금의 나는 마치 도장 깨기를 하듯 등산을 하고 있다. 정상에 오르면 산을 정복했다는 듯이 말이다. 하지만 하산 후 충만감과 함께 마음 한편에서는 자연 앞에 너무도 작은 나를 발견한다. 그래서 좀 더 겸손해지기 위해 이백 번이고 삼백 번이고 아사마산을 계속 오르고 싶다.

나는 아사마산에서 등산의 기본을 배웠다. 걷는 법을 예로 들면 다음과 같다. 초반에는 조금이라도 시간과 걸음을 줄이려고 보폭을 넓게 하고 높낮이 차이가 큰 곳도 한 번에 뛰어넘으려고 했다. 그런데 그렇게 하니 금세 숨이 차올랐다. 다소 시간이 걸리고 걸음이 늘어나더라도 보폭을 줄여 한 걸음을 두세 걸음으로 나누어 걷고, 높낮이 차이가 큰 곳은 우회하는 쪽으로 방법을 바꾸었더니 오히려 몸에 부담이 적었다.

호흡도 마찬가지다. 힘들 때는 산소를 많이 공급하는 게 옳다고 믿었는데 숨을 크게 들이마시니 오히려 더 숨이 찼다. 처음에는 왜 그런지 알지 못했지만, 듣자 하니 숨을 지나치게 많이 들이마시면 과호흡증에 가까운 증상에 빠져서 그렇게 된다고 했다. 숨을 들이마시기보다는 뱉는다는 생각으로 호흡해보니 확실히 호흡이 훨씬 편해졌다.

또한 산에서는 걸음걸이가 흐트러지면 바로 피로해진다. 특히 내리막에서는 넘어지면 자칫 다른 사람들에게까지 피해가 갈 수 있어 특히 주의해야 한다. 때문에 무엇보다 자신의 페이스를 유지하는 것이 중요하다. 나는 페이스 조절을 위해 머릿속으로 노래를 부르며 걷는데, 힘들다는 걸 자각하지 않고 신경을 노래에 쏟을 수 있어 도움이 된다.

초반에는 가능한 한 천천히 걸으면서 몸이 산행에 적응하기를 기다린다. 어떤 이들은 처음에 페이스를 올려 심박수를 높여둬야 후반에 컨디션이 좋아진다고 하는데 이는 상급자용 페이스 조절법이라고 생각한다. 나도 이렇게 해봤지만 도중에 힘이 빠져서 후반에는 움직일 수조차 없었다. 산이 우리에게 보여주는 법칙과 규칙은 엄격하게 정해져 있지만 산에 반응하여 적응하는 우리의 법칙은 사람마다 다르므로 트레이닝을 통해 자신만의 비법을 찾아야 한다.

산에서 지켜야 할 규칙도 배웠다. 좁은 등산로에서 누군가를 만나면 내려가던 사람이 걸음을 멈추고 길을 양보해야 한다. 올라오던 사람은 아무래도 시선이 발끝을 향하고 있기 때문에 내려가는 사람을 인지하지 못하는 경우가 많다. 등산로를 더 잘 파악할 수 있는 사람도 내려가는 사람이다. 어디서 양보해야 안전한지 역시 더 쉽게 판단할 수 있다.

한번은 대장이 "잠시 쉬자"며 등산로에 쳐놓은 로프를 넘어 밖으로 나갔다. '뭐지? 저래도 되나?' 나는 의아해서 고개를 갸우뚱하며 쳐다봤다.

"등산로가 좁으니까 다른 등산객에게 방해되잖아. 이런 곳에서는 오래 서 있으면 안 돼. 쉴 거면 길 밖으로 나가는 게 좋아. 이게 규칙이거든."

로프 밖에 고산식물이 군생하거나 절벽인 곳은 당연히 피해야 하지만, 산에서는 무엇보다도 모두의 안전이라는 측면에서 융통성을 발휘하는 것이 중요함을 깨달았다.

그리고 보니 아사마산의 외륜산 중 하나인 자코쓰산으로 향하는 좁은 등산로 한가운데에서 도시락을 먹던 두 사람을 본 기억이 있다. 경치 좋은 곳에서 밥을 먹고 싶은 마음은 알겠지만 길에 앉아 있으면 지나는 사람은 낭떠러지 쪽으로 걸어야 한다. 산에서는 사소해 보이는 규칙도 엄격하게 지켜야 한다.

언젠가는 같은 외륜산 중 하나인 구로후산 정상에서 단체 등산객이 악보를 들고 합창하는 모습을 보기도 했다. 한 곡도 아니고 몇 곡이나 불러대서 눈살을 찌푸리게 만들었다. 심지어 쉬지 않고 오카리나를 불던 아저씨도 있었다. 산을 찾는 이유가 이렇게 다양할 줄이야. 시시콜콜 잔소리를 하는 것 같지만 산에서도 배려심이 필요하다. 산속의 고요함이나 바람 소리, 새들의 지저귐을 들으려고 산을 찾는 사람이 많다는 걸 명심해야 한다.

불과 얼마 전의 일이다. 수풀이 우거진 삼림대를 오르고 있는데 갑자기 '위이잉' 하는 벌레의 날갯짓 같은 소리가 들렸다. '벌 떼라도 있나?' 주위를 살펴보니 드론이 날고 있는 것이었다. 뭔가 조사를 하던 중이었을지도 모르나 일반 등산객에게 소음과 위협이 될 수 있겠다 싶어 눈살이 찌푸려졌다. 하지만 앞으로 산에 드론이 출몰하는 일은 점점 많아질 것 같다.

규칙뿐만 아니라 등산에 관련된 은어도 배웠다. 야외에서 소변 보는 것을 돌려 말할 때 여성들은 '꽃 줍기', 남성들은 '꿩

쏘기'라고 한다. 초봄에 내리는 물기 가득한 눈은 '섞인 눈'이라고 부른다. 또 자신은 러셀(russel, 선두에 서서 눈을 쳐내어 길을 다지면서 나아가는 일)을 하지 않고 남들 뒤만 따라가는 사람은 '러셀 도둑'이라고 한다. 어디에서나 사람이 모이면 새로운 '전문 용어'가 생기기 마련인가 보다.

하지만 이상하게 나는 이런 용어들이 입 밖으로 잘 나오지 않았다. 전문 산악인들이 업계 용어처럼 사용하는 말이라는 느낌이 강해서 나 같은 초보자가 쓰면 웃음을 살 것 같다는 생각이 들기도 하고, 그냥 "화장실 다녀올게요"라고 해도 충분하지 않나 싶기도 했다.

다카오산의 추억

도쿄에서 살 때 내가 오른 산은 다카오산(高尾山)이 유일하다. 벌써 20년도 지난 이야기다. 물론 내가 등산을 시작하리라고는 상상도 못 하던 시절이다. 어떤 이유로 다카오산에 가게 됐는지는 정확히 기억나진 않지만(아마 술자리에서 허세를 피우다가 그랬을 테다), 등산을 좋아하던 편집자 Y 씨가 나를 포함해서 여성 세 명을 데리고 가주었다.

출발 전에 등산 경험을 묻는 말에 나는 "하쿠산(白山)에 가봤어요"라고 답했다. 고향인 가나자와에서 회사원으로 일하던 이십 대 때 직장 동료들과 오른 적이 있었다. 너무 힘들어서 배낭을 다른 사람에게 맡기고도 코스 평균 소요 시간보다 한참 오래 걸려 도착했지만 어쨌든 이십 대의 패기로 높이 2,702미터인 하쿠산의 정상까지 오르긴 했다. 당시는 이십 대 때의 경험을 증명하기에는 체력이 형편없었지만 나보다 훨씬 어리고 에너지 넘치는 두 여성을 의식해 살짝 허세를 부려보고 싶었던 것 같다.

다카오산의 높이는 599미터로, 스카이트리(높이 634미터. 도쿄에 있는 세계 최고 높이를 자랑하는 전파탑 - 옮긴이주)보다도 낮아서 초등학생이 소풍으로 가는 수준의 산이다. 우리는 먼저 등산로 입구에서 케이블카를 타고 중간 지점까지 간 후 정상까지 걸어서 오르기로 했다. 한 시간 정도 걸으면 도착한다고 하니 그야말로 식은 죽 먹기였다.

다카오산입구역에서 일행들과 만났는데, Y 씨의 모습을 보고 그만 웃음이 터져 나왔다. 에베레스트라도 갈 기세의 전문 산악인 차림이었던 것이다. 등산복에, 잘 길들여진 등산화에, 커다란 등산용 배낭까지 짊어지고 있었다. 다카오산에 가기에는 좀 지나치다는 생각이 들었다.

나를 포함한 나머지 세 명은 스니커즈에 학생 가방 같은 배낭을 메고 있었다. 기능보다는 패션을 중시한 차림으로 우비도 헤드램프도 없었다. 배낭에는 주먹밥 두 개와 페트병에 든 음료수 하나 그리고 과자 몇 봉지가 전부였다. Y 씨는 곤란한 표정을 지었다. 아마도 우리 차림새가 한심해 보였을 것이다. 하지만 그때는 아무 말 없이 일단 출발했다.

다행히 날씨는 좋았다. 사람들도 많았다. 케이블카에서 내려 걷는데 등산을 한다기보다는 완만한 언덕을 천천히 산책하는 기분이었다. 아이들도 많아서 들뜬 목소리가 여기저기서 터져 나왔다.

그런데 20분 정도 지나자 갑자기 몸 상태가 나빠졌다. 손과 발에 힘이 들어가지 않는 건 물론이고 기분 나쁜 땀이 마구 흘러내렸다. 마치 머리로 기가 빠져나가는 듯한 기분이었다. 이런 나를 보고 Y 씨가 물었다.

"아침밥은 챙겨 먹었어요?"

커피 한 잔으로 아침을 때우는 날이 많던 시절이었다. 그렇게 생활해도 컨디션에 별 무리가 없어서 그날도 평소와 다름없이 커피 한 잔만 마시고 집을 나섰다. 마음 한편으로는 오히려 안 먹는 게 다이어트에 도움이 될 거라는 생각마저 했다.

"안 먹었어요……."

"그럼, 일단 뭐든 좀 먹읍시다."

Y 씨의 말을 듣고 우리는 잠시 쉬면서 점심으로 준비한 주

먹밥을 먹었다. 주먹밥을 먹으면서 잠시 쉬고 나니 그제야 살 것 같았다. 산행하는 날 아침밥을 챙겨 먹는 것이 얼마나 중요한지를 이때 통감했다.

정상에 오르자 신주쿠의 빌딩 숲이 한눈에 들어왔다. 다 함께 사진을 찍으며 한 시간 정도 쉬었다.

"자, 그럼 슬슬 내려가볼까요?"

Y 씨가 배낭을 짊어지며 말했다. 하산은 올라온 길이 아닌 고호토케시로산(小仏城山) 정상을 거쳐 사가미호수 방면으로 내려간다고 했다. 왠지 모를 두려움이 엄습했다.

"힘들면 케이블카를 타고 내려가도 돼요."

Y 씨가 말했다. 하지만 지친 나와는 달리 의외로 의욕에 불타는 어린 두 여성을 보면서 혼자 발뺌하기가 애매했다. 하쿠산을 올라봤다고 당당히 말했던 나였다.

"그럴 리가요. 저도 가요."

'여기는 다카오산이잖아. 어린애들이 소풍으로 오는 그런 산인걸'이라고 생각하며 각오를 다졌다.

고호토케시로산 정상까지는 한 시간 정도가 더 걸렸다. 힘들기도 힘들었지만 배가 너무 고팠다. 도착했을 때 나는 이미 준비했던 주먹밥을 깨끗이 먹어치운 터라 매점에서 된장국과 어묵을 주문했다.

사가미호수 방면 내리막은 정말 길었다. 수목이 우거진 지대라 햇빛도 들지 않았다. 순식간에 주변이 어두워져서 발밑이 신경 쓰였다. 게다가 평소에 운동을 전혀 안 해서인지 종아리와 허벅지 근육이 단단하게 부어올랐다. 결국 양다리가 버티지 못해 몇 번이고 엉덩방아를 찧기까지 했다.

겨우 하산해서 사가미호수역에 도착했을 때는 나는 이미 녹초가 되어 있었다. 일행들은 신주쿠로 가서 뒤풀이를 하자고 했지만, 나는 도저히 그럴 체력이 남아 있지 않았다. 그저 당장이라도 드러눕고만 싶었다. 일행들과 헤어진 후에 집으로 돌아가 문을 열자마자 그 자리에 쓰러지고 말았다. 그때 절실하게 반성했다. 다카오산을 무시해서는 안 되는구나!

나중에 안 사실이지만 다카오산은 의외로 산악 사고가 자주 일어나는 곳이라고 한다. 2016년 데이터에 따르면 상반기에만 약 50건이나 발생했다고 한다. 연간 약 3만 명이 오르는 산이니만큼 사고가 많은 것도 당연하지만, 대다수가 나처럼 가벼운 생각으로 산을 올라서 사고로 이어지는 경우라고 한다. 나는 Y 씨가 길을 잘 안내해줬기에 망정이지 나처럼 '겨우 다카오산이잖아'라고 얕보다가는 따끔한 맛을 볼 수 있으니 주의하기 바란다. 낮은 산도 산은 산이었다.

4

어린 시절 나는 야행성 인간이었다. 하지만 지금은 새벽 다섯 시에 일어나서 밤 열 시면 잠자리에 든다.

보통 아홉 시부터 다섯 시까지 일을 하기 때문에 기본적으로 출퇴근하는 사람과 크게 다르지 않다. 또한 거의 집 안에서 일하다 보니 온종일 밖에 나가지 않는 날도 많다. 그래서 일이 끝나면 긴장이 풀려 많은 회사원이 그러하듯 가끔 나가서 한 잔하고 싶어진다. 집에서 마시는 술도 좋지만 준비하고 치우

기가 번거롭다. 게다가 나는 요리에도 별로 관심이 없다 보니
술은 주로 밖에 나가서 마시게 된다.

가루이자와로 이주하고 한동안 가이드북을 보고 여기저기
맛집을 다녔다. 하지만 관광지이다 보니 별장 손님이나 관광
객을 상대하는 주점이 대부분이어서 현지인이 가볍게 마시기
에는 다소 부담스러운 곳이 많았다. 그렇다고 현지인들이 모
이는 가게는 단골들이 자리 잡고 앉아 있어서 묘하게 소외감
이 느껴졌다.

맛있고 편하고 가격까지 적당한 가게 어디 없나 하고 1년
정도 여기저기 전전한 끝에 몇 군데 괜찮은 단골 가게를 만들
었다. 지역의 제철 푸성귀를 즐길 수 있는 주점, 쓰키지 등에
서 신선한 생선을 공급받는 스시집, 토종닭이 맛있는 꼬치집
을 찾아내고는 이 세 곳을 번갈아 다니게 되었다.

그리고 이 가게들을 다니면서 A 씨 부부를 알게 되었다. 처
음에는 서로 살짝 눈인사를 하는 수준이었다. 그러다가 정식
으로 인사를 하고 이야기도 나누면서 어느새 허물없는 사이
가 되었다. 최근 몇 년간은 1월 1일이면 별장에 초대받아 호
화로운 명절 음식을 얻어먹기도 했다.

A 씨는 품위가 있고 식견이 풍부한 신사고, 부인은 우아하
고 아름다운 분이었다. 두 사람은 거드름을 피우지 않고 장난

기가 많아 귀엽기까지 했다.

알고 지낸 지 1년 정도 지났을까? 어느 날 A 씨가 대장의 얼굴을 보며 말했다.

"햇빛에 많이 타셨군요. 어딜 그렇게 다니세요?"

"등산이 취미라서 산에 자주 가요."

A 씨는 반가운 미소를 띠며 "그래요? 실은 저도 등산을 좋아해요. 산악회까지 만들었는걸요"라더니 "우리 산악회에 후카다 씨라는 등산가가 고문으로 있어요"라고 했다.

대장은 잠시 고개를 갸우뚱했지만 "오, 그래요?"라며 애써 아무렇지 않은 척했다.

"언제 한번 후카다 씨와 한잔하실래요?"

"네, 좋습니다. 꼭 그럽시다."

이렇게 A 씨의 주선으로 자리가 마련되었다. 우리는 먼저 도착해서 A 씨 일행을 기다렸다. 그 사이에 대장은 "설마……에이, 아니겠지. 그럴 리가 없어"라고 혼자 중얼대며 맥주를 홀짝거렸다.

이윽고 A 씨가 후카다 씨와 함께 나타났다. 그 모습을 본 대장은 자리에서 벌떡 일어나더니 잔뜩 얼어붙었다.

"설마, 진짜 후카다 료이치 씨께서 오실 줄 몰랐어요. 뵙게 되어 영광입니다!"라며 머리를 깊이 숙이는 게 아닌가?!

그 모습에 나는 깜짝 놀랐다. 이렇게 말하면 좀 그렇지만 대장은 평소 다소 안하무인이어서 누군가를 만날 때면 무례하게 행동하지 않을까 노심초사하게 만드는 타입이다. 그런데 그때만큼은 달랐다. 마치 아이돌을 본 소년처럼 눈빛이 반짝거렸다. 대장의 그런 모습은 처음이었다.

그날 밤 대장은 후카다 씨와 늦게까지 이야기를 나눴다. 집에 돌아와서도 "정말이었어! 진짜였어! 그 유명한 후카다 씨와 이야기를 하다니!"라며 흥분을 주체하지 못했다.

"그런데 후카다 씨는 어떤 분이야?"

후카다 료이치. 1942년생. 스무 살 때 산학동지회에 입회. 1970년, 아이거 북벽 다이렉트 루트를 동계 시즌에 세계에서 두 번째로 등정. 1973년, RCC II 에베레스트 남서벽 등반에 참가. 히말라야 쟈누 북벽을 세계 최초로 등반. 칸첸중가 북벽 무산소 세계 최초 등반 등 후카다 씨는 수많은 등반 기록을 보유한 전문 산악인이었다.

당시 산학동지회의 리더는 카리스마 등산가로 알려진 고니시 마사쓰구 씨로 그는 일본 산악계 전체를 이끌고 있었다. 후카다 씨는 그런 고니시 씨와 뜻을 함께하며 산학동지회의 부대장, 등반대장으로 활약한 분이었다. 평소 동경하던 전설의 등산가가 눈앞에 떡하니 나타났으니 대장이 깜짝 놀라며 머리를 숙이는 것도 당연했다.

몇 차례 만나면서 나 또한 후카다 씨에게 매료되었다. 산악 경험만 훌륭한 분이 아니었다. 그동안 나는 산 사나이는 여자를 깔본다는 선입견을 갖고 있었다. 하지만 후카다 씨는 전혀 그렇지 않았다. "어떻게 하면 산을 쉽게 오를 수 있어요?"라는 다소 엉뚱한 질문에도 "음, 아쉽지만 그런 방법은 없어요. 있다면 나도 알고 싶어요"라고 웃으며 기분 좋게 답해주었다. 등산가로서의 명성은 말할 것도 없고 인성까지 훌륭한 남자 중의 남자였다. 아무튼 매력적이고 존경스러운 분이다.

그런 후카다 씨와의 만남이 영향을 준 걸까? 대장은 아사마산뿐만 아니라 혼자서 야쓰가산이나 호타카산까지 나서기도 했다. 대장의 등반 이야기를 듣더니 등산 모임 멤버들 역시 다른 산도 같이 오르고 싶다고 요청하기 시작했다.

대장이 만든 등산 모임은 원래 봄가을 한 차례씩 당일치기로 아사마산을 오르기로 했다. 등산이 처음이어도 괜찮고 가끔 원할 때만 참석해도 상관없는 편안한 모임이어서 별다른 규칙이 없었다. 그런데 이제는 야쓰가산이나 호타카산, 쓰루기산에도 가보고 가능하면 종주나 겨울 산행에도 도전해보고 싶다는 목소리가 나오기 시작한 것이다. 나는 갑작스러운 전개에 그저 놀랍기만 했다.

등산 욕심을 드러내는 이들 중에는 기지마 준 씨도 있었다. 기지마 씨는 알고 지낸 지 25년이나 된 오랜 지인이다. 그는 10여 년 전부터 마라톤을 시작해서 지금은 매달 총 200킬로미터를 뛴다고 한다. 내 차보다도 주행거리가 길어서 놀랐다. 나는 그를 남들 몰래 '스포츠맨 기지마'라고 부른다. 그런 그답게 달리기만으로는 성에 차지 않는지 등산에도 흥미를 갖기 시작한 모양이었다.

이 에세이의 담당자이기도 한 고바야시 아키히로 씨도 여기에 동조했다. 그도 학창 시절부터 달리기를 좋아해서 마라톤 풀코스를 2시간 45분에 주파하는 놀라운 기록을 보유하고 있었다. 등산뿐만 아니라 트레일 러닝에도 도전할 계획이라고 하니 엄청난 체력의 소유자임이 틀림없다. 나는 그를 '하이브리드 고바야시'라고 부른다.

여기에 다소 엉뚱한 모습이 재미있는 소노하라 유키타카 씨도 의견을 함께했다. 그도 기지마 씨와 고바야시 씨와 함께 100킬로미터 마라톤에 참가할 정도로 운동신경이 뛰어났다. 분명 이들은 적당히 편하게 산을 오르는 것에 만족할 사람들이 아니었다.

하지만 스즈키 히로카즈 씨가 관심을 보인 건 의외였다. 평소에 운동과는 담을 쌓고 지내는 사람이라 등산에 크게 관심이 없었는데 아사마산 등반을 계기로 산에 매료되었다고 한다. 사실 다른 산에도 가고 싶다고 가장 먼저 제안한 사람이 스즈키 씨였다. 분명 처음 산에 갔을 때는 너무 힘들어서 내가 그를 걱정할 정도였다. 다행히 지금은 체력도 정신력도 이미 충분히 산 사나이처럼 강해졌다. 뒤처져서 꾸물거리는 나를 마지막까지 챙겨줄 정도로 인내심이 강하다. 스즈키 씨를 볼 때마다 '사람도 바뀌는구나!' 하고 새삼 감동한다. 그는 항상 자신에게 잘 들어맞는 등산화를 찾아다녀서 '슈즈맨 스즈키'라는 별명이 붙었다.

기쿠치 스가코 씨도 원래 달리기를 했다가 무릎을 다친 후부터 산에 흥미를 갖기 시작했다고 한다. 꽤 오래 알고 지낸 분이다. 서로 좋을 때도 나쁠 때도 인연의 끈을 놓지 않아서인지 속마음을 터놓고 이야기하는 사람 중 하나다. 그녀는 어떤 상황에 처해도 약한 모습을 보이지 않는 장점이 있다. 아무리 힘든 산행에서도 항상 표정이 밝다. 덕분에 없던 기운까지 샘솟을 정도다.

그리고 하세 세이슈 씨. 하세 씨는 안면은 있었지만 이야기를 나눠본 적이 거의 없다. 나이 차도 많고 업무적으로 서로 접점이 없었다. 그런데 가루이자와로 이주하고 나서 3년 정도

흘렀을 때 하세 씨도 이곳으로 옮겨왔다. 그도 나처럼 애완견 때문에 이곳에 왔다. 이를 계기로 가끔 부부 동반으로 식사를 하는 사이가 되었다.

술자리에서 대장이 하세 씨에게 말했다.

"산에 가보지 않을래요?"

"네? 산이요?"

하세 씨는 처음에 대장의 제안을 거절할 생각이었다고 한다.

"사진 찍기에 산만 한 게 없어요."

"어! 그래요?"

이 한마디에 넘어왔다. 하세 씨는 원래 사진을 좋아했는데 대장이 그런 그의 마음에 불을 지른 것이었다. 그때부터 그는 우리와 자주 함께 산에 올랐다. 그럴수록 산에 대한 그의 열정은 커져갔다.

이렇게 해서 조촐한 등산 모임이 어느새 번듯한 산악회의 모습을 갖추기 시작했다.

첫 산장 숙박

내가 처음으로 아사마산 부근을 벗어나 오른 산은 호타카산의 가라사와카르(높이 2,300미터. kar, 빙하의 침식작용이 만든 반달 모양의 오목한 지형)였다.

"히다산맥 호타카연봉에 둘러싸인 가라사와카르로 우리 단풍 여행 떠나요!"

이런 이야기가 나온 건 내가 등산을 시작한 지 2년째가 되던 해 10월 초순이었다. 한 달에 한두 번은 아사마산을 오를 때라 어느 정도 자신이 있었다. 나도 슬슬 다른 산에 가보고 싶어졌다.

가라사와카르의 단풍은 단연 돋보였다. 쇠뿔도 단김에 빼랬다고 곧장 계획을 세우기 시작했다. 일정은 여유롭게 3박 4일 코스로, 산행 수준은 초급으로 짰다. 아사마산 말고 다른 산에 가보기는 대장 빼고 모두에게 처음이었고, 목적지는 가라사와카르지만 올라야 하는 산은 호타카산(穗高岳, 높이 3,190미터)이어서 신중을 기했다. 개인적으로는 첫 산장 숙박이어서 긴장되면서도 설렜다.

참가자는 다섯 명. 아침 일찍 집을 나와 차로 세 시간을 달려서 마쓰모토에 도착했다. 여기서 가미코치(上高地, 높이 1,500미터)로 향해야 하는데 개인용 차량의 출입을 규제하고 있어서 근처 마을 온천 숙박지에 차를 세우고 30분 정도 택시를 타고 이동했다.

처음 보는 가미코치는 사전에 찾아본 사진과 똑같았다.

아름답고 투명한 아즈사강, 다이쇼연못 그리고 가미코치를 상징하는 갓파교까지. 가는 곳마다 등산객과 관광객으로 붐볐다.

가미코치에 도착하자마자 바로 출발하여 첫째 날 밤은 요코오(橫尾, 높이 1,600미터)에서 1박을 할 예정이었다. 가미코치와의 높이차는 겨우 100미터라서 가는 길은 거의 평지나 다름없었다. 히다산맥은 전날 비가 와서 잔뜩 흐렸고 아쉽게도 구름이 산등성이를 뒤덮고 있었다. 하지만 힘차게 흐르는 아즈사강을 왼쪽에 두고 잘 정비된 길을 천천히 걷는 트레킹은 발걸음을 가볍게 해 기분이 좋았다. 게다가 도중에 운 좋게도 깎아 세운 듯한 병풍바위에서 떨어지는 폭포수도 봤다.

첫 산장 숙박지는 요코오 산장이었다. 산장이라고 하면 왠지 담요나 베개가 낡고 눅눅하고, 방은 어두운 데다가 좁아서 여러 사람이 꽉 끼어 자는 곳이라는 인상이 있었다. 하지만 이곳은 새 건물이어서 그런지 산장이라기보다는 펜션에 가까웠다. 방 종류도 다양했는데 우리는 이층 침대가 네 개 딸린 8인실로 정했다. 모르는 사람과 함께 써야 해서 조심스러웠지만 커튼으로 침대를 가릴 수 있어서 사생활이 어느 정도 보장되는 구조였다.

식사도 생각보다 맛있었고 무엇보다 욕조가 있어서 감사

했다(비누와 샴푸는 사용 불가). 하지만 한창 단풍 시즌이라 평일임에도 숙박객이 넘쳐서 내 집처럼 편히 쉴 수는 없었다. 게다가 모든 게 시간제라서 식사 20분, 욕실 10분 등의 시간제한 때문에 빨리 움직여야 했다.

다음 날 아침에도 날씨가 개지 않고 비가 내렸다. 별수 없이 요코오에서 잠시 대기하며 두 시간 정도 빗방울이 잦아들기를 기다린 후에 출발했다. 산장 바로 앞에 있는 요코오대교를 건너면 드디어 가라사와카르로 향하는 길이 시작된다.

등산로는 바위를 타거나 너덜겅을 지나야 했지만 다리가 얼어붙을 정도로 무섭지는 않았다. 하지만 비탈진 길이 호타카산을 향하고 있음을 실감케 했다. 아사마산에서 배운 대로 보폭을 줄이고 숨을 내뱉는 데 신경 쓰며 걸었다. 쉼터인 혼타니다리까지는 약 한 시간이 걸렸다. 높이 1,780미터로 작은 구름다리가 걸려 있는 이곳 쉼터의 근처 바위에 걸터앉아 물과 행동식(등산을 하면서 때와 장소를 가리지 않고 바로 먹을 수 있는 음식)을 먹었다. 20분 정도 휴식을 취하고 다시 출발했다. 목적지인 가라사와카르까지는 두 시간 정도 걸릴 예정이었다.

여기서부터는 경사가 다소 심해서 숨이 가빠왔다. 당시의 나에게는 아직 쉽지 않은 코스였다. 다만 오를수록 노랗게 물든 사스래나무(자작나뭇과의 낙엽 활엽 교목)와 불타듯 붉게 물든

마가목(장미과의 낙엽 활엽 교목)을 보는 재미가 있어 견딜 만했다.

정오가 지나서 가라사와카르에 도착했다. 여전히 흐렸지만 눈앞에 나타난 광활하게 펼쳐진 분지와 바위산, 계곡에 쌓인 눈 그리고 단풍이 아름답게 어우러져 있었다. 가히 장관이라고 할 만했다. 첫눈에 그대로 마음이 빼앗겨 넋 놓고 바라보았다.

글을 업으로 삼는 사람으로서 부끄럽지만 '아름답다', '대단하다', '크다'라는 단순한 단어밖에 나오지 않았다. 하지만 달리 더 잘 표현할 수 있는 말이 떠오르지 않았다. 다른 표현을 궁리할 동안 차라리 온 신경을 눈앞의 풍경에 두고 싶었다. 누구나 이런 광경을 본다면 일차원적인 표현밖에 생각나지 않을 것이다.

기온은 6~7도 정도로 제법 쌀쌀했다. 가라사와 산장 전망대에서 따뜻한 라멘과 어묵을 시켰는데 풍경에, 대화에 빠지는 바람에 금세 식어버렸다.

식사를 마치고 산장에 들어갔다. 여기 산장은 상상한 대로였다. 우리가 쓸 방은 이층에서 가장 넓은 방 한 귀퉁이로, 다다미 세 개 크기의 공간에 세 사람 분의 이불밖에 놓여 있지 않았다. 다섯 명인데 배낭을 둘 곳조차 없을 정도로 비좁았다.

"바로 여기야."

혼잣말을 하면서 이게 바로 산장의 정취라고 받아들였다. 어쨌거나 이런 상황을 즐기지 않으면 산에 오를 자격이 없다는 것쯤은 알고 있었다.

모로 누워 자면 옆 사람 얼굴이 너무 가까워서 반듯이 누워 꼼짝 않고 잤다. 참고로 예의상 양말만큼은 갈아 신었다. 훗날 아는 등산가에게 이 에피소드를 이야기하자 "힘드셨겠어요. 텐트를 치시지 그랬어요?"라는 것이 아닌가. 이건 등산의 자격이나 정취, 맛 같은 게 아니라 그저 불편하게 잔 것에 불과한 것이었나 보다.

그날 밤은 날씨가 나빠서 창밖으로 우박이 떨어지는 소리가 들렸다. 밤새 소리 때문에 잠을 설치면 다음 날 아침에 힘들 것 같아 걱정이었다. 가라사와카르에 오른 건 단풍 구경뿐만 아니라 일출을 보기 위한 것이기도 했다.

예상대로 한숨도 못 잔 채 아침을 맞이했다. 하지만 일어나자마자 바깥 날씨부터 살폈다. 다행히 날씨는 좋았다. 서둘러서 다운재킷을 입고 밖으로 나가보니 이미 등산객들로 붐볐다. 삼각대에 카메라를 다는 사람들, 핸드폰과 카메라에 일출의 광경을 담는 사람들, 무리를 지어 기념 촬영을 하는 사람들. 기온은 0도 언저리였다.

벌벌 떨면서 기다리고 있으니 드디어 산등성이가 붉게 물

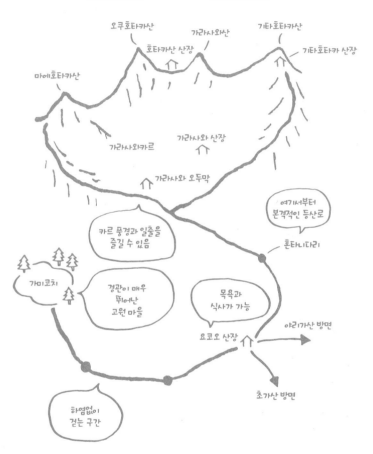

가미코치부터 가라사와카르까지

KAMIKOCHI → KARASAWA KAR

오쿠호타카산

가라사와산

기타호타카산

호타카산 산장

기타호타카 산장

마에호타카산

가라사와 산장

가라사와카르

가라사와 오두막

여기서부터
본격적인 등산로

혼타니다리

카르 풍경과 일출을
즐길 수 있음

가미코치

경관이 매우
뛰어난
고원 마을

목욕과
식사가 가능

야리가산 방면

요코오 산장

초가산 방면

하염없이
걷는 구간

들기 시작했다. 석양처럼 진홍색이 아니라 맑고 붉은색이었다. 주변 일대도 서서히 색이 바뀌기 시작했다. 이윽고 하늘도 구름도 사람도 모두 붉게 물들었다.

지난밤 소란스럽게 궂은 날씨였는데, 아침에 이렇게 아름다운 풍경을 보게 될 줄이야. 상냥한 건지 변덕이 심한 건지 어쨌든 더할 나위 없는 경치를 맛봤다.

이제는 짐을 정리하고 하산할 차례다. 방심할 수 없는 하산 길이었다. 지난밤에 내린 눈과 우박이 얼어서 길이 빙판이 되었다. 미끄러지면 넘어지는 걸로 끝나지 않는다. 비탈길을 굴러떨어질지도 모른다.

산에서 발생하는 사고 중 90퍼센트가 하산할 때 일어난다고 한다. 너무 긴장한 나머지 등산 스틱을 쥔 손에 힘이 잔뜩 들어가는 바람에 어깨 근육이 딱딱하게 굳어버렸다.

그날은 마침 토요일이어서 등산객이 끊임없이 올라왔다. 내려가는 사람이 기다렸다가 길을 양보하는 게 매너지만 올라오는 사람이 많아도 너무 많았다. 서른 명이나 마흔 명 남짓한 단체가 계속 이어져서 양보만 해서는 내려가지 못할 지경이었다. 그때만큼은 서로 양보하는 식으로 이동해야 했다.

요코오에서 가미코치로 돌아가는 길도 힘들긴 마찬가지였

다. 경사지지 않아서 체력에는 무리가 없었지만, 거리가 길어서 시간이 지날수록 기분이 처졌다. '다음 산장에 도착하면 아이스크림을 먹을까? 뜨거운 커피를 마셔야겠어. 아니야, 맥주가 좋겠다.' 이런 생각으로 간신히 버티면서 터벅터벅 걸었다.

세 시간 정도 걸으니 가미코치에 도착했다. 모처럼 새로운 산에 등반했으니 기념품도 골랐다. 반다나(bandana, 스카프 대용으로 쓰이는 큰 손수건)와 열쇠고리, 과자 등등. 마치 수학여행을 온 중학생이 된 듯한 기분으로 가게 내부를 둘러봤다.

가게도 역시 사람으로 북적거렸는데, 호타카산을 종주했는지 사흘은 씻지 못한 듯 막 자란 수염에 땀과 흙탕물로 더러워진 옷차림의 산 사나이들도 있었다. 그 옆에는 가미코치의 리조트를 즐기러 온 듯한 우아한 차림의 여성들도 있었다.

가미코치에서는 이처럼 뭔가 비현실적인 조합을 구경하는 재미도 있었다.

그날 밤에는 차를 주차해둔 마을 온천 숙소에서 묵었다. 그대로 집에 돌아갈 수도 있었지만 지친 몸을 온천물에 느긋하게 담그고 일행들과 건배도 하고 싶었다.

등산은 힘들다. 좋아서 오르는 거지만 분명 힘들다. 몇 번을 올라도 같은 심정이다. 도중에 '괜히 왔나?'라고 생각하며 두세 번은 후회한다. 목적지에 도착하면 기쁘지만 도착했다고 끝이 아니다. 내리막이 기다린다. 게다가 넋 놓고 있다가는 사고로 이어지니 단 한순간도 긴장을 늦춰서는 안 된다. 그럼에도 힘을 내는 이유는 하산 후 뒤풀이가 있기 때문이다.

어떤 산을 오르든 뒤풀이는 늘 등산의 고행을 잊게 해줄 만큼 즐겁다. 아드레날린이 충분히 분비돼서 그런지 모두들 흥이 넘친다. 산에 가면 매번 크고 작은 사건 사고가 발생하는데 이를 안주 삼아 마시는 술자리는 흥겹기만 하다. 언젠가 하산이 늦어져서 그대로 해산한 적이 있었다. 그때의 기분은 뭐랄까, '불완전 연소'랄까? 아쉬운 마음에 집에서 조용히 맥주를 마셔봤지만 허망함이 가시지 않았다.

등산은 하산 후 뒤풀이가 하나의 세트가 되어야 진정 즐겁다.

5

산등성이에
반
하
다

가루이자와에서도 보이는 야쓰가산연봉은 나가노현과 야
마나시현을 경계 지으며 남북으로 30킬로미터에 걸쳐 이어
져 있다. 나쓰자와 고개를 경계로 북쪽과 남쪽으로 나뉘는데,
북쪽에는 다테시나산(蓼科山, 높이 2,531미터), 덴구산(天狗岳, 높이
2,646미터) 등이 있고, 남쪽에는 야쓰가산의 최고봉인 아카산(赤
岳, 높이 2,899미터)을 비롯해서 이오산(硫黃岳, 높이 2,760미터), 요코
산(橫岳, 높이 2,829미터), 아미다산(阿弥陀岳, 높이 2,805미터) 등이 이

어져 있다.

이 중에 내가 처음 오른 산은 야쓰가산 북쪽의 다테시나산으로, 여신의 산으로도 불린다. 우아하고 단아한 산등성이가 후지산을 닮았으며 산기슭에는 삼림이 풍부하다. 다테시나산은 초보자도 오를 수 있는 산이다. 네 시간 정도면 오르내릴 수 있어서 성취감을 맛볼 수 있을 뿐만 아니라 당일치기에도 안성맞춤이다.

등산로 입구는 7부 산등성이(높이 1,900미터)로 정상보다 600미터 정도 낮은 높이에 있다. 우리가 올랐을 때는 이미 가을이 깊어서 단풍은 지고 거의 보이지 않았다. 날씨는 좋았지만 조금 쌀쌀했다. 그러나 걷다 보면 금세 더워졌다.

등산로 초입은 완만한 숲길이라 하이킹하는 기분으로 걸었다. 길가의 나무들은 전나무와 비슷한 생김새였는데 청분비나무라고 했다. 산과 매우 잘 어울리는 이름이었다. 주변에 넓게 펼쳐진 이끼 또한 정말 훌륭했다.

이끼라고 하니 떠오르는 산이 있다. 야쓰가산 북쪽에 있는 '뉴(にゅう, 높이 2,352미터)'라는 이름의 산이다. 주차장이 높이 2,100미터 지점에 마련되어 있어서 가볍게 트레킹하기 적당한 산악지. 그곳은 '시라코마 연못'이 유명해서 단풍철이면 많은 관광객들이 몰린다. 뿐만 아니라 원시림을 뒤덮은 이

끼의 아름다움에도 압도당한다. 그야말로 녹색 비단을 깔아 놓은 듯했다. 그토록 다양한 이끼는 본 적이 없었다. 그곳에서 빛이끼도 처음 봤다. 분재를 화분 속 우주라고 말하는 이가 있듯 그곳의 이끼를 보자 이끼가 세상이고 우주라는 생각이 들었다. 윤기가 돌고 우아하며 신비롭기까지 해서 한참 보고 있어도 질리지 않았다. 이끼 마니아들의 마음이 조금이나마 이해가 됐다.

다테시나산 이야기로 다시 돌아가자. 어쨌든 600미터를 오른다고 하니 별거 아니라는 생각이 들었다. 하지만 역시나 20분 정도 걷자 나도 모르게 '으악' 하고 비명이 터져 나왔다. 뜻밖의 급경사에 놀란 것이다.

길 안내 푯말에는 '우마가에시(馬返し, 산이 험하여 더는 말을 타고 갈 수 없는 곳)'라고 적혀 있었다. 이름 그대로 말이 돌아가야 할 정도로 등산로가 험준하다는 의미다. 잠시 옛사람들의 번뜩이는 표현력에 혀를 내둘렀다. 경사가 심하기도 했지만 무엇보다 바위나 돌이 불안정해서인지 여기저기에 쓰러져 있는 나무도 많았다.

이제 시작인가? 긴장감이 몰려왔다. 바위를 잡고 나무나 풀에 의지하며 올랐다. 매번 느끼지만 등산은 힘들다. 근력과 심폐기능이 여전히 부족하다는 사실을 실감했다. 그렇지만 다테시나산은 초보자용 산이라고 한다. 약한 모습을 보일 수는 없다는 생각에 참고 견디며 일행들의 뒤를 따랐다.

한 시간 반 정도 오르자 산장이 있는 넓은 평지가 나왔다. 야외 벤치에 앉아서 잠시 쉬었다. 벤치에 앉아 올려다보니 수목한계 이후부터는 정상까지 이어진 길이 확실히 보였다. 흙길이 아닌 바윗길이어서 길이 더욱 분명하게 보였다. 약 200미터 더 높은 곳까지 이어지는 급경사가 다시 시작되었다.

'정상까지 갈 수 있을까?' 솔직히 불안했다. 이런 생각을 하며 커피를 마시고 있으니 중년 남성이 올라오는 모습이 보였다. 지카타비(地下足袋, 일본 노동자들이 신는 작업화 - 옮긴이주)를 신고 짊어진 지게에는 커다란 박스가 세 개나 올려져 있었다. 산장까지 물품을 운반하는 일을 하는 분인 듯했다.

아무리 직업이라고 해도 바위투성이 길을 등산화도 아닌 지카타비를 신고, 게다가 머리 위로 1미터나 되는 짐을 짊어진 채 오르다니 믿을 수가 없었다. 도대체 저건 체력일까, 아니면 정신적인 능력일까. 몸은 근육질이었지만 표정만큼은 마치 수행하는 스님처럼 온화했다. '믿음직하다'라는 말이 너무나 잘 어울려서 한동안 넋 놓고 바라봤다.

15분 정도 쉰 뒤에 다시 출발했다. 이제부터는 정상으로 뻗은 길인데 역시 예상대로 힘들었다. 급경사에다가 큰 바위를 넘어가야 했다. 걷는다기보다는 기다시피 해서 이동했다.

"세 군데 지점을 확보해."

누군가가 외쳤다. 바위를 기어오를 때는 지탱하는 양손과 양발 네 지점 중에 한 번에 한 군데 지점만 움직여서 이동해야 한다. 암벽 등반은 아사마산의 외륜산인 미즈노토산(水ノ塔山, 높이 2,202미터)에서 경험해보았지만, 이곳은 경사도나 거리 면에서 미즈노토산과 비교가 불가했다. 바위에 발을 올리면 미끄러져 떨어질 것 같아 무서웠다.

"바위 표면이 말라서 등산화가 미끄러지지 않을 거야. 신발을 믿어!"

누군가가 또 외쳤다. '정말로 미끄러지지 않는다고? 그래도 무서워!' 곧이곧대로 믿을 수가 없었다.

중간중간에 설치된 쇠사슬을 잡고 올라야 했는데 쇠사슬의 무게도 만만치 않았다. 하지만 달리 방도가 없었다. 다리에 도저히 힘이 들어가지 않았다. 쇠사슬에 팔 힘으로 매달려 있자니 너무나 힘들었다. "팔이 아니야. 다리를 써!" 누군가가 또 외쳤지만 나도 모르게 팔에 힘이 들어갔다. '지금 나는 엉덩이를 뒤로 쑥 빼고 엉거주춤 서 있겠지?' 스스로도 느낄 수 있었다. 민망한 자세지만 어쩔 수 없었다.

'이 산이 정말로 초보자용이란 말인가?'

뭔가 속았다는 생각을 하면서 40분가량 사투를 벌이며 오르자 오두막이 보였다. 드디어 정상이었다. 정상에 선 순간, 눈앞에 펼쳐진 풍경에 놀라지 않을 수 없었다. 정상이 이렇게 넓으리라고는 상상도 못 했다. 바닥은 바위투성이였지만 야구라도 할 만한 크기였다. 게다가 사방에 막힘이 없어서 조망이 기가 막혔다. 저 멀리 홈그라운드인 아사마산을 비롯해서 야쓰가산의 남쪽 연봉, 히다산맥 등이 한눈에 들어왔다. 이런 풍경을 보고 있자니 피로는 어느새 말끔히 씻겼다. 산들이 그려내는 곡선에 눈길을 빼앗기는 동안 올라오면서 만신창이가 된 체력이 회복되는 듯 기분이 좋아졌다.

대게 이런 순간에는 내려갈 일을 까맣게 잊고 만다. 하지만 돌투성이로 이루어진 너덜겅 급경사에서는 내려갈 때야말로 신중해야 한다. 오르막에서는 힘들어도 시선을 발끝에 집중할 수 있어서 무섭지 않지만, 내리막에서는 아래의 풍경이 발밑으로 펼쳐지기 때문에 힘듦은 물론이고 두려움까지 극복해야 한다. 롤러코스터의 가장 높은 지점에서 아래를 내려다본다고 상상하면 이해가 빠를 것이다.

높이 때문만이 아니라 오를 때 근력을 소진한 탓에 가만히 서 있기만 해도 다리가 후들거렸다. 어쩔 수 없이 다시금 엉거주춤한 자세로 내려갈 수밖에 없었다. 극도의 긴장감에 몸도 마음도 너덜너덜해졌다. '바위산은 이제 안 갈래'라는 철부지 같은 후회를 하며 필사적으로 내려갔다. 이렇게 한 시간 만에 겨우 하산을 마쳤다.

그런데 불가사의한 일이다. 무사히 내려오고 나면 항상 '나도 하면 되잖아'라는 묘한 자신감이 생긴다. 아마도 이렇게 산의 매력에 빠지는 것이리라.

이때 본 다테시나산의 산등성이에 매료되어 언젠가는 야쓰가산의 남쪽 연봉에도 오르겠다고 다짐했다. 그 다짐이 이루어진 것은 이듬해였다. 이왕에 오르는 거 야쓰가산의 최고봉인 아카산을 목표로 했다. 당일치기는 힘들어서 아카산광천(赤岳鑛泉, 높이 2,220미터)에서 온천을 즐기며 1박을 하기로 했다.

등산로 어귀는 차도 지나갈 만큼 넓은 자갈길이었다. 우리가 올랐을 때는 초가을이어서 길가에는 투구꽃이 흐드러지게 피어 있었다. 맹독이 든 독초지만 파란 꽃이 매우 아름다웠다.

첫 쉼터까지는 300미터 높이를 2킬로미터에 걸쳐서 한 시간가량 걷는 코스였다. 이후 짧은 다리를 건너자 본격적인 산길이 시작됐다.

물이 풍부한 개천을 따라 걷는 기분은 남달랐다. 물소리가 마음을 정화시켜줬고, 완만하고 주변에 녹음이 물든 등산로에 절로 콧노래가 나왔다. 이렇게 몇 개의 다리를 건너며 한 시간쯤 걸어서 숙소가 있는 아카산광천에 도착했다.

아카산광천부터는 아미다산, 아카산, 요코산, 이오산 등의 봉우리가 이어진 산등성이를 지척에서 볼 수 있었다. 다음 날 오를 산을 눈앞에서 감상할 수 있어서 기뻤다.

감사하게도 여름에는 온천을 즐길 수도 있었다. 비누나 샴푸는 사용할 수 없었지만 광천수를 데운 따뜻한 물로 씻을 수 있다는 것만으로도 며칠간의 피로가 풀리는 기분이었다.

저녁 식사는 이곳의 명물인 스테이크였다. 처음에 한입 물고는 깜짝 놀랐다. 산장에서 스테이크라니! 맛이 없을 수가 없지 않은가. 음료도 생맥주를 비롯해 와인이나 사케도 팔아서 계속 마시고 싶어졌다. 하지만 다음 날 일정을 생각해서 적당히 마셔야 했다.

방은 우리만 쓸 수 있도록 개별실로 예약했다. 개별실은 몇 가지 타입이 있었는데 우리는 침대가 네 개 놓인 방을 선택했다. 침대가 있다는 것에도 놀랐지만 짐을 펼쳐놓을 수 있을 정도로 방 자체가 넓고 쾌적했다. 이불도 오리털이라 따뜻했다. 그야말로 산에서 누릴 수 있는 최고의 사치였다. 이불 세 개

로 다섯 명이 끼어 잤던 가라사와 산장에 비하면 이곳은 5성
급 호텔이 부럽지 않을 만큼 쾌적했다.

산장은 이곳처럼 쾌적한 곳도 있지만 대개는 가라사와 산
장처럼 열악하기 마련이다. 그래서 나는 숙박할 때는 베개에
덮을 손수건과 실내용 슬리퍼를 항상 준비한다. 여름에도 높
이 2,000미터 이상이면 밤과 아침에는 기온이 낮다. 실내에서
도 슬리퍼를 신어야 발이 시리지 않다.

우리는 밤 아홉 시가 되어 잠자리에 들었다. 창밖으로 별이
가득한 밤하늘이 보였다. 은하수도 보였다. 산들의 실루엣이
또렷이 드러나는 시간. 고요함이 스며들어 평온해진 산의 기
운을 느끼면서 눈을 감았다.

실은 아카산 정상에 오르기까지는 몇 차례 도전이 필요했
다. 기상 악화로 아카산광천에만 머물다가 돌아오기도 했고,
이오산을 목전에 두고 발걸음을 되돌리기도 여러 번이었다.
날씨는 이겨낼 재간이 없으니 별다른 도리가 없다. 그때마다
산은 항상 그 자리에 기다리고 있으니 다시 오면 된다고 스스
로를 다독였다.

다행히 이번에는 날씨가 좋아서 등산하기에 최고였다.
아침밥을 챙겨 먹고 의기양양하게 아카산광천을 출발했다.

40분 정도 걸어서 교자고야 산장에 도착했다. 여기서부터는 서서히 경사가 심해졌는데 삼림대를 빠져나오자마자 눈앞을 깎아 세운 듯한 절벽이 가로막고 있는 게 아닌가? 분명 일반적인 루트라고 했는데 말이다.

절벽. 그렇다. 사다리와 쇠사슬이 설치되어 있었지만 적어도 나에게는 그렇게 보였다.

'설마, 여기를 오른다고?'

"자, 가볼까?"

대장의 외침에 정신이 번뜩 들었다.

'분명히 절벽으로 보이지만 사다리와 쇠사슬을 잡고 오르면 떨어지지는 않을 거야. 그럴 거야.'

필사적으로 3분의 1 정도를 오르고 있는데 위에서 내려오는 사람이 보였다.

'응? 뭐지? 올라가는 사람이 우선 아닌가?'

어찌 된 일인지 성큼성큼 거침없이 내려오고 있었다. 쇠사슬은 하나뿐인데 여기서 어떻게 비켜나란 말인가.

"잠시 트래버스(traverse, 암벽이나 산비탈을 좌우로 가로지르며 Z자 모양으로 오르는 일)하자."

대장은 이렇게 말하고는 쇠사슬을 놓고 옆으로 이동했다. 상황을 인지하지 못한 채 나도 따라했다. 3미터 정도 이동하고 나서야 상황을 파악한 나는 그 순간, 몸이 경직되고 말았다.

'여기는 절벽이었잖아! 그런데 쇠사슬이 없어!'

나는 고작 바위가 조금 튀어나온 부분에 발을 올려놓고 서 있을 뿐이었다. 왼쪽은 절벽이었다. 만약 미끄러지기라도 하면 생각만 해도 머리가 하얘지는 상황이었다.

"못 해, 못 해, 못 해, 절대 못 해!"

얼어붙은 채 나는 비명을 질렀다.

"할 수 있어. 별거 아니야."

"못 해, 못 해, 못 해."

지금 생각하면 한심한 상황이지만 그때는 같은 말을 몇 번이고 반복했다. 되돌아갈 수도 없었다. 이런 상황에서는 몸을 반대 방향으로 돌릴 수 없기 때문이다. 그야말로 패닉 상태였다. 그렇다고 그대로 있을 수도 없는 노릇이었다.

"어쩔 수 없어. 건너와."

대장은 담담하게 말했다. 간신히 건너기로 결심했다. 몸을 최대한 산 쪽으로 기울이고 한 걸음 내디뎠다. 그리고 다시 한 걸음. 이렇게 조금씩 이동하며 간신히 건넜다.

안전한 장소에 도착하자 잠시 동안 아무 말도 나오지 않았다. 겨우 정신을 추스르고 나서야 버럭 고함을 질렀다.

"왜 그랬어! 너무 무섭잖아!"

그런데 대장은 "건넜잖아?"라며 아무렇지 않다는 듯 쳐다 볼 뿐이었다.

기절할 뻔한 산등성이를 통과하니 지장보살상이 보였다. 그리고 아카산 덴보소라는 산장에 도착했다. 이곳에서 점심을 먹었는데 긴장이 갑자기 풀린 탓인지 벌써부터 녹초가 되었다. 하지만 무서웠던 구간을 나름 무사히 지나온 터라 묘한 자신감도 생겼다. 반드시 아카산 정상을 오르고 싶었다.

정상까지 이어지는 등산로 역시 길이 험했는데, 쇠사슬이 설치된 너덜경이었다. 그러나 방금 지나온 산등성이가 너무나 무서웠기 때문에 의외로 담담하게 올라갔다. 인간은 적응의 동물인가. 전화위복이었다. 40분 정도 걸어서 야쓰가산연봉의 최고봉인 아카산 정상에 도착했다. 하늘이 푸르러 후지 산까지 또렷하게 보였다.

'아…… 올라오길 잘했어!'

하지만 하산할 때가 돼서는 한 가지 약속을 받아냈다.

"아까 그 절벽이 있는 산등성이로는 절대 안 갈 거야!"

"걱정 마, 내려갈 때는 쇠사슬이 있는 데로 갈 거야."

이런 설득도 소용없었다.

야쓰가산
남쪽 연봉
MINAMI YATSUGATAKE

후지산
전망 포인트

아카산   아카산 정상 산장   아미다산

언제 한번
묵고 싶음

아카산 텐보소
산장

요코산

나카산

이오산   이오산 산장

암벽, 처음으로
절규한 곳

교자고야 산장

스테이크!
여름철에는
목욕 가능

아카산광천

주차는 여기에

쉼터

등산로 입구

"안 돼, 절대 안 가!"

대장도 내 고집을 꺾지 못하겠다고 생각했는지 이렇게 말했다.

"그럼, 시간이 좀 더 걸리지만 다른 산등성이로 내려가자."

다행이라고 생각하고 순순히 발길을 옮겼다. 그런데 이쪽 코스도 무섭기는 마찬가지였다. 오르막에서 힘을 다 빼서 그런지 흔들리는 쇠사슬을 이겨내지 못하고 몇 번이나 엉덩방아를 찧기도 했다. 난간이 없는 사다리가 많아서 후들거리는 다리로 겨우 내려갔다. 심지어 거리도 길고 시간도 더 오래 걸렸다. 그래도 내가 고집을 피운 만큼 약한 모습을 보일 수 없어 묵묵히 하산했다.

아카산광천으로 돌아왔을 때는 다리가 더 이상 내 것이 아닌 듯했지만, 그 후로도 두 시간은 더 걸어서 등산로 입구까지 내려가야 했다. 가능하다면 아카산광천에서 1박을 더 하고 싶을 정도였다. 어쨌든 이런저런 생각을 하며 가까스로 하산을 마쳤다.

실은 아카산에서는 정말로 무서운 경험이 한 번 더 있었다. 비가 내리던 날이었다. 아카산 덴보소 산장에서 빗줄기가 잦아들기를 기다리다가 대기가 길어져서 예정보다 두 시간 늦게 출발하게 되었다. 정상에 도착하자 신기하게도 날씨가 맑아져 무지개가 떴는데 발아래로 보이는 것이었다. 무지개를 내려다보기는 처음이라 흥분을 감출 수 없었다. 이 광경을 바라보며 점심을 먹으면 더 맛있을 것 같았다. 절경을 감상하며 한창 점심을 먹고 있는데 갑자기 빗줄기가 강해졌다. 심지어 멀리서 천둥소리까지 들려왔다. 일행은 말할 여유도 없이 내리막길을 서둘러 내려갔다.

두 시간 정도 걸려서 아카산광천에 도착한 후에도 쉬지 않고 곧장 개천을 따라 걸어 내려갔다. 비는 점점 더 거세졌다. 완만한 등산로로 접어든 지점부터는 모두가 뜀박질을 했다. 나도 열심히 뛰었지만 쫓아갈 수가 없었고 순식간에 일행이 보이지 않았다. 게다가 해가 져서 주위는 급격히 어두워졌고 비는 그칠 기미가 보이지 않았다. 천둥도 본격적으로 울리기 시작했다. 길 한가운데를 달리면 벼락을 맞을 것 같았고, 나무 쪽으로 너무 치우쳐도 위험하다는 생각이 들었다. 어쩔 수 없어 머리를 감싸고 내달렸다.

그 순간 굉음이 울리며 섬광이 번쩍였다. 나도 모르게 비명을 지르며 웅크렸다. 하지만 정신을 놓고 있을 수만은 없었다. '여기는 지대가 낮아서 벼락이 떨어지지 않을 거야'라고 되뇌며 다시 달렸다. 비가 온몸을 때려서 아팠지만 계속 달려야만 했다. 겨우 등산로 입구에 도착했을 때는 정신이 혼미할 정도였다.

이런 아찔한 경험을 하고도, 몇 번을 올라도 다시 오르고 싶을 만큼 아카산은 정말 멋진 산이다. 이제는 절벽 산등성이가 두렵지 않다. 이후 덴구산, 이오산, 요코산, 아미다산에도 올랐다. 야쓰가산은 북쪽도 남쪽도 매력적인 산이다.

다니구치 케이 씨와 야쓰가산

야쓰가산을 생각하면 항상 등산가인 다니구치 케이 씨가 떠오른다.

1972년생. 디날리(Denali, 미국 알래스카주에 있는 산. 높이 6,914미터), 마나슬루(Manaslu, 네팔 히말라야에 속하는 산. 높이 8,156미터), 에베레스트(Everest, 네팔과 티베트 사이에 있는 히말라야산맥에서 가장 높은 산. 높이 8,848미터)를 비롯해서 세계 유명 산을 등정했다. 첫 등정, 첫 등반 등 기록도 무수히 많다. 2008년에는 카메트(Kamet, 인도 북부 히말라야에 있는 봉우리. 높이 7,756미터) 미로 루트 남동벽 첫 등반으로 제17회 황금피켈상을 여성 최초로 수상했다. 그야말로 세계가 주목하는 등산가였다.

다니구치 씨와의 인연은 내가 등산을 하는 계기가 된 『한순간이면 돼(一瞬でいい)』라는 소설의 해설을 부탁하면서 시

작되었다. 그녀를 만나고 이렇게 유쾌한 사람은 없으리라고 생각했다. 햇볕에 그을린 그녀의 미소는 누구보다도 눈부셨고 온몸으로 숲과 바람의 향을 내뿜고 있었다. 그 자리에 있는 것만으로도 주위를 밝게 만드는 사람이었다. 특유의 호쾌한 분위기와 온화하면서도 수줍은 말투에 나는 곧바로 빠져들었다.

야쓰가산은 다니구치 씨에게 특별한 산이었다. 해외 원정에서 돌아오면 항상 곧장 야쓰가산으로 향했다고 한다. 컨디션이 나쁘거나 우울할 때도 야쓰가산으로 가서 몸과 마음을 진정시키고 돌아왔다고 한다.

야쓰가산에는 정말 신비로운 힘이 있는 듯하다. 나도 그런 힘을 느낄 때가 있다. 야쓰가산에 갈 때면 '이곳에 왔구나'가 아니라 '이곳에 돌아왔구나'라는 느낌이 든다.

2015년 겨울. 다니구치 씨는 홋카이도의 다이세쓰산(大雪山)에서 추락사했다. 향년 43세. 너무나 갑작스러운 비보였다. 산을 사랑했던 다니구치 씨. 그녀가 영원히 돌아간 곳도 산이었다. 아무런 말도 없이…….

6

등산은
놀이인가,
모험인가?

"산이냐, 바다냐?"라는 질문에 나는 무조건 바다였다. 바다라는 단어의 울림이 나를 항상 들뜨게 했다. 여행도 대부분 바다나 바다 근처로 갔다. 수박 겉핥기 식이었지만 서핑이나 스노클링, 바다낚시 같은 해상 스포츠에 도전하기도 했다.

그에 비해 산은 시시하다고 생각했다. 산은 그저 배경 같은 존재였다. 그런데 오십 대 중반이 돼서 예기치 못한 일로 산에 오르기 시작해 체력도 늘고, 산의 매력도 알아가고 있다. 지금은 단연코 산이다. 해수욕에서 삼림욕으로 갈아탄 셈이다.

다만 한 가지 문제가 있었다. 바로 고소공포증이다. 나는 고층 빌딩이나 전망대 같은 데에 가더라도 결코 창가로 가지 않는다. 당연히 롤러코스터나 대관람차도 타지 않는다. 케이블카도 되도록 피한다. 웬만해서는 떨어질 리가 없음을 알지만 무서운 건 무서운 거다.

가끔 텔레비전이나 인터넷을 통해 강심장을 가진 사람들의 영상을 본다. 빌딩 옥상 끄트머리에서 물구나무를 서거나 거대한 교각의 꼭대기를 안전장치 없이 맨손으로 기어오르기도 한다. 혹은 계곡물을 향해 번지점프를 하거나 비행기나 절벽에서 스카이다이빙을 한다. 사람마다 쾌감을 느끼는 상황이 다르겠지만 얼어붙은 채 그런 영상을 보고 있으면 세상에는 용감한 사람들이 많다는 사실에 더 놀라게 된다.

예전에 구름다리 위에서 번지점프를 했다는 분에게 무섭지 않냐고 물었더니 "뭐가 무서워요?"라고 나에게 반문했다.

"안전하게 로프를 몸에 묶고 있잖아요. 하늘에서 뛰어내리면 새가 된 듯이 상쾌해요." 그가 이렇게 덧붙였다.

"로프가 끊어질지도 모른다는 생각은 안 들어요?"라고 재차 물었더니 "그렇게 생각하면 비행기는 어떻게 타요?"라며 그가 웃었다.

인간은 네 명 중에 한 명 꼴로 모험가 DNA를 갖고 있다고 한다. 그런 사람들에게는 내가 느끼는 공포심은 호기심에 지나지 않을 테다. 감정의 방향이 서로 다른 것이다. 인생이 됐건 감정이 됐건 이미 우리 주변 곳곳에 위험이 도사리고 있다. 굳이 계곡 아래로 뛰어내리지 않아도 충분히 조마조마하다.

그럼 도대체 나는 왜 높은 곳을 싫어하면서도 산에 오르는 걸까?

산에 오르면 수백 미터 낭떠러지가 눈앞에 펼쳐지는 좁은 길을 걸어야 할 때가 있다. 가능한 한 피하고 싶지만 그곳을 지나지 않으면 앞으로 나아가지 못하니 극복해야만 한다. 물론 무섭다. 지금까지 수차례 긴장으로 몸이 굳어버리는 경험을 했다. 그럼에도 어떻게든 이겨낼 수 있었던 것은 최소한 다리를 지면에 붙이고 있었기 때문이다.

그리고 항상 스스로에게 말한다. "그저 조금 좁은 길일 뿐이야"라고. 길 폭이 좁더라도 걸을 수 있다면 분명히 건너갈 수 있다. 바로 옆에 천 길 낭떠러지가 있어도 눈길도 주지 않고 평소처럼 길만 보고 아무렇지 않게 걸어간다. 아니 걸어가려고 노력한다. 평소와 다른 환경을 즐기려고 산을 오르는 것이지만, 이 순간만큼은 평소의 차분한 내가 되려고 한다. 이상하게 들릴지 모르겠지만 그러지 않고는 건

널 수가 없다.

그러고 보니 예전에 아무리 높은 곳도 전혀 무섭지 않다는 분과 함께 아사마산을 오른 적이 있다. 그 사람은 등산이 거의 처음이었다. 산을 오르다 등산로 한쪽이 아래로 200미터쯤 잘려나간 구간이 나타났다. 바위 때문에 길이 울퉁불퉁해서 불안정했고 길 폭도 30센티미터가 될까 말까 했다. 게다가 길이 잘려나간 쪽 반대편으로는 중간중간에 바위가 튀어나와 있어서 때때로 머리를 숙이면서 걸어야 했다.

일행들은 서로의 얼굴을 보며 각오를 다진 후 최대한 신중하게, 천천히 이동했다. 그런데 그 사람은 콧노래를 부르며 깡충깡충 뛰면서 건너가는 게 아닌가? 보기만 해도 위태롭고 아슬아슬했다.

"무섭지 않아요?"

"전혀요. 재미있어요."

아무래도 타고난 모험가 DNA 보유자인 듯했다. 그러면 아무리 힘든 산도 쉽게 오를 수 있겠다는 생각이 들어 부러웠다.

나중에 들은 이야기지만 공포심이 적은 게 오히려 등산에는 큰 도움이 안 된다고 한다. 무섭지 않기 때문에 자기 자신을 지나치게 믿어버리게 되는 것이다. 그런 사람일수록 집중력을 잃어 사고를 일으킬 가능성이 높고, 오히려 고소공포증을 가진 사람이 사고율이 낮다고 한다.

그러고 보니 그때 대장은 일행 중에서 그 사람을 가장 신경 쓰는 눈치였다. "한눈팔지 말고 발아래를 확인하세요"라며 집요하게 몇 번이나 말을 건넸다. 반대로 겁이 많은 멤버에게는 "이 정도 낭떠러지는 아무것도 아니에요. 힘을 빼고 릴렉스! 릴렉스!"라며 가볍게 격려해줬다.

어쨌든 공포심은 산행을 할 때 주의력을 높여주는 긍정적인 역할을 하는 듯하다. 어쩌면 나처럼 높은 곳을 두려워하는 사람이 오히려 등산에 적합할지도 모르겠다.

나 홀로 등산의 즐거움과 불안

가끔 등산은 하고 싶은데 주위에 함께할 사람이 없어서 기회가 없다는 이야기를 듣는다.

"혼자서라도 가보고 싶어요. 초보자에게 알맞은 산이라면 괜찮겠죠?"

최근에는 이런 분들을 위한 등산 가이드북도 시중에 많이 나와 있어 사전에 충분히 조사를 하고 준비물만 잘 챙긴다면 혼자서도 재미있게 즐길 수 있다. 실제로 "내 페이스로 오를 수 있어서 즐거웠어요", "마음이 안 맞는 일행이 없어서 편했어요", "의외로 혼자 온 등산객이 많아서 안심했어요" 등과 같은 이야기도 많이 듣는다. 무모한 짓만 하지 않는다면 나 홀로 등산도 나쁘지 않다.

다만 산에서는 무슨 일이 벌어질지 아무도 모른다. "지도를 가지고 갔는데 길을 잃었어요", "넘어져서 발목을 삐었어요", "갑자기 날씨가 나빠져서 불안했어요" 등과 같은 상황에서 혼자라면 아무래도 당황하기 마련이다. 사고로 이어지기도 하니 주의해야 한다.

등산 장비 전문점이나 여행사가 기획하는 산악 투어에 참가하는 방법도 있다. '초보자, 단체, 혼자도 참가 가능'이라고 홍보하는 투어도 많다. 내가 자주 가는 구로후산도 주말에는 버스를 대절해서 찾아오는 투어 등산객으로 인산인해. 이런 투어에 참가해서 등산을 배워가는 것도 좋은 방법이다.

요즘에는 인터넷 카페 등의 커뮤니티를 통해서 온라인으로 동행을 구하는 경우도 많다고 한다. '함께 가실 분 찾아요'라며 공지 글을 올리고 현지에서 만난 후 함께 산행을 즐긴다. 공지에 특별한 규칙이 없다면 갑자기 사정이 생겨서 참가하지 못하게 되더라도 취소 비용이 들지 않으니 편리하다.

지인인 등산 초보자 H 씨도 이런 인터넷 카페의 공지 글을 보고 참가한 적이 있다고 한다. 참가자들의 얼굴도 성격도 모르지만 여행사 투어도 마찬가지지 않은가. 그렇게 가볍게 생각하고 참여했지만 그때의 경험은 아찔했다.

"집합 장소에 십여 명이 모였고 가볍게 자기소개를 하고 나서 곧장 출발했어요. 서로 쉽게 친해진 분들도 있었지만 전 낯을 가리는 편이라 가장 뒤에서 천천히 가기로 했어요."

산행은 제법 힘들었지만 무사히 정상에 오른 H 씨는 만족스러웠다. 그런데 지쳤는지 H 씨는 일행들과 보조를 맞추지 못하고 뒤처지기 시작했다. "정신을 차리고 보니 일행이 아무도 보이지 않았어요. 가까스로 하산은 했는데 역시 그곳에도 아무도 없었죠." 일행은 이미 해산한 후였던 것이다.

H 씨는 그때 일을 떠올리며 가슴을 쓸어내렸다. 리더 역할을 하는 사람이 없어서 출발할 때 인원을 제대로 체크하지 않은 것이 문제였다. 가장 뒤에서 걷던 그가 만약 길을 잃거나 낭떠러지로 떨어졌어도 누구 하나 알아차리지 못할 상황이었다. 그대로 산에서 미아가 될 수도 있었다.

생각해보면 무서운 일이다. 인터넷 카페 등에 올라오는 공지가 다 이런 식의 산행은 아니겠지만 일행을 이끌어본 경험이 풍부한 책임자가 없는 등산은 주의해야 한다.

다음은 슈즈맨 스즈키 씨가 들려준 인생 첫 나 홀로 등산의 실패담이다. 웃기기도 하고 슬프기도 한 이야기다.

"물론 꼼꼼히 준비했어요. 도중에 비가 왔지만 우비를 가지고 갔으니까 아무런 문제도 없었고요. 저녁 전에 산기슭에서 내려와서 예정대로 예약한 온천 숙소에 갈 생각이었는데, 배낭을 내려놓고 깜짝 놀랐어요. 우비는 입었는데 배낭 커버를 씌우지 않았던 거예요! 비가 스며서 갈아입을 옷이 죄다 젖어버렸던 거죠."

나 홀로 등산에서는 이렇듯 작은 부분까지 신경 쓰지 않으면 불편함을 혼자 감당해야 한다. 동행이 없으니 사전에 경고해줄 사람도 없다.

요즘에는 혼자서 등산하는 여성들이 흔하다. 당일치기는 물론이고 산장에서 혼자 숙박하는 여성들도 있다. 심지어 몇몇은 텐트를 짊어지고 야영을 감행한다. 그녀들이 부럽다. 몸과 마음을 스스로 돌보는 여성은 멋있다. 호기롭게 "나도 언젠가 혼자서 산에 가고 싶어"라고 했더니 대장이 코웃음을 쳤다.

"지도는 읽을 수 있어?"

그렇다. 나는 지도를 볼 줄 모른다. 가장 기본적인 동서남북도 정확히 파악하지 못할 뿐만 아니라 지도를 보고 거리를 가늠하지도 못한다. 부끄럽지만 나는 한 번도 직접 지도를 준비해보지 않았다.

"어디 한번 단독 산행용으로 배낭을 채워볼까?"

대장의 말을 듣고 보니 나는 매번 배낭을 가볍게 꾸릴 고민만 했다. 텐트에서 자려면 침낭과 매트도 필요하고 식료품, 버너, 코펠도 가지고 가야 한다. 아마도 평소 배낭 무게보다 두 배는 더 무거울 테다. 중요한 건 그 무게를 짊어질 체력이 없다는 것이다.

"악천후에도 대비해야 해. 야생동물과 마주치면 어떻게 할 건데?"

대장은 계속해서 냉철하게 만일의 상황을 제시해서 나 홀로 등산이라는 낭만에 찬물을 끼얹었다.

산에서 날씨를 예상할 때는 구름의 양상을 파악하고 바람의 방향과 온도의 변화를 감지해야 한다. 귀를 기울여 야생동물의 움직임도 알아차려야 한다. 사슴이나 여우라면 다행이지만 곰이라도 나타나면 어떻게 할 텐가! 대장의 말이 옳았다. 실제로 혼자 산에서 야영할 생각을 하니 좀처럼 엄두가 나지 않았다. 내 무모한 야망은 곧바로 휴지통에 구겨넣었다.

초보자 모임이거나 혼자서 등산을 하려는데 동행자가 없어 불안하다면 가이드를 초빙하는 방법이 있다. 누군가에게 가이드를 부탁하기는 민망하기도 하고 민폐라고 생각했다. 하지만 최근에는 가이드와 함께 산행을 즐기는 등산객도 눈에 많이 띄는데, 특히 여성 단체 등산객 중에 그런 경우가 많다고 한다.

인터넷을 살펴보면 가이드를 소개하는 글도 많다. 오르고 싶은 산을 비롯해서 등산 경험 수준에 맞게 선택할 수 있다. 가이드 비용도 투명하고 다양해서 신청하는 이의 상황에 맞는 코칭을 받을 수 있다.

며칠 전에도 아주머니 셋이서 가이드와 함께 온 걸 봤다. 남편과 왔다면 "벌써 지쳤어?", "꾸물거리지 좀 마"라고 핀잔을 주거나 화를 냈을 텐데 가이드는 결코 그런 말을 하지 않는다.

요즘에는 젊은 훈남 가이드도 많고 다들 예의까지 바르다고 한다. "괜찮으세요? 힘드시면 참지 말고 말씀하세요"라고 상냥한 말투로 응대해준다고 하니 등산의 피로가 절로 가실 것이다.

가이드와 단둘이서 오르는 경우도 봤다. 한번은 이십 대 남녀 커플 등산객인 줄 알았는데 두 사람의 대화가 너무나 어색하고 딱딱했다. '아직 썸 타는 커플인가?' 하고 생각했는데 알고 보니 남성이 가이드였다. 어쩌면 저러다가 사랑이 싹트기도 하겠구나 싶었다.

혹시 남성 가이드가 꺼려진다면 여성 가이드를 선택하면 된다. 초반에 비용이 좀 들지만 가이드에게 기본적인 사항을 배우고 나서 나 홀로 등산에 도전하는 것도 좋은 방법이다.

가이드를 고용한다고 해서 트러블이 생기지 않는 건 아니다. 어느 산장에서 일어난 일이었다. 아침부터 비가 내렸는데 점점 더 악화할 거라는 예보가 있었다. 우리 산악회는 대장의 판단에 따라 곧바로 철수하기로 결정했다. 거기에는 우리 외에도 가이드를 고용한 단체 등산객이 두 팀 더 있었다.

한 팀은 배낭에 도시락을 넣고 우비를 입고 있었다. 아무래도 등산을 감행할 모양이었다. 다른 한 팀은 가이드가 일행들에게 설명을 하고 있었다.

"오늘은 비가 내리니까 정상은 바람이 강할 거예요. 여기서 그만 내려갑시다."

그러자 일행 중 한 명이 불만을 토로했다.

"저 팀은 오르는데, 왜 우리는 내려가죠?"

가이드는 난처한 표정을 지었다.

"날씨를 생각해서 내린 결정입니다."

"뭐요? 이런 날씨에도 오를 수 있도록 해주는 게 가이드의 역할이잖아요. 돈을 냈으니 그 정도는 해줘야죠."

산장에서는 이런 다툼을 자주 볼 수 있다. 하지만 이런 모습은 주위의 다른 사람들까지 덩달아 불안하게 만든다.

만약 모든 팀이 철수하기로 결정했다면 그도 받아들였을 테다. '오르는 팀이 있는데 우리는 왜?'라고 불만을 제기하는 사람의 마음도 이해할 수 있다. 하지만 산에서는 리더의 말에 따르는 게 철칙이다. 가이드는 리더다. 그리고 무엇보다 안전이 최우선이다. '돈을 낸 고객'이라는 관점에서 생각할 수도 있지만 산에서는 이런 생각을 버려야 한다. 우리는 먼저 산장을 나와서 그 후 그 일행이 어떻게 됐는지는 모르지만 가이드도 힘든 일이구나 싶었다.

반면 아무런 의욕이 없어 보이는 가이드도 간혹 있다. 예전에 아사마산에서 화산 가스 냄새가 심해서 일행들과 함께 대기하고 있는데, 같은 곳에서 대기하던 투어의 가이드가 다가와서는 우리 산악회의 리더를 찾았다.

"실은 제가 아사마산이 처음이라 그런데 위쪽 상황은 어떤가요?"

기가 막혔다. 경험도 없는 산에 등산객을 데리고 오다니 믿을 수가 없었다. 이런 사람이 가이드라면 너무나 불안할 것이

다. 대부분의 가이드들은 성실하고 믿을 수 있지만 이렇게 예
외도 있다.

7

오르고 싶은 산,
오를 수 없는 산, 올라서는 안 되는 산

군마현과 니가타현의 경계에 위치한 다니가와산(谷川岳)은 봉우리가 두 개인데 도마노미미(卜マの耳, 높이 1,963미터)와 오키노미미(オキの耳, 높이 1,977미터) 두 개의 정상이 있다.

처음 오른 건 가을이 끝나갈 무렵이었다. 케이블카(크고 튼튼해 보였지만 역시 무서웠다)를 이용해 산 중턱까지 이동한 후 그대로 산등성이를 타고 정상으로 가는 서쪽 코스로 올랐다. 코스 평균 소요 시간은 약 다섯 시간이다.

등산로에는 나무 데크가 설치되어 있어서 걷기 편하다고 들었지만 전날 비가 와서 그런지 미끄러워 조심해야 했다. 해가 들지 않는 곳은 벌써 얼어 있었다. 대피소를 통과하고 얼마 지나지 않아서 길이 갑자기 가팔라지고 좁아졌다. 더 위로 올라가니 너덜겅이 등장했다. 미끄러지지 않게 조심하며 가타노 산장에 도착했다. 여기서 정상까지는 20분 정도 걸린다.

아쉽게도 단풍 시즌은 끝났지만 공기가 깨끗해서 상상 이상으로 전망이 좋았다. 멀리 후지산도 보이고 바다도 보였다. 사방으로 히다산맥의 산등성이가 또렷했고 홈그라운드인 아사마산도 보였다. 높이 2,000미터에도 못 미치는 산이라고는 믿을 수 없을 정도로 정상의 풍경이 대단했다.

그 풍경을 한 번 더 보고 싶어서 이듬해 봄에 다시 올랐다. 그때는 아직 눈이 남아 있을 때라 아이젠을 착용하고 출발했다.

관목지대를 빠져나오자 얼룩 조릿대(볏과의 여러해살이 식물)가 펼쳐진 구역이 나왔다. 코스 주변이 눈에 파묻혀서 정상까지 거칠 것 없이 미끈하게 보였는데, 새하얀 산등성이 사이로 등산로가 눈에 띄게 드러나 보였다. 지난번에 왔을 때와 전혀 다른 모습이라서 같은 산이라고는 믿기 어려울 정도였다. 구름 한 점 없고 태양이 찬란하게 빛나는 날씨라 등산할 맛도 제대로 났다.

그런데 비탈길이 시작되는 지점 부근에서 제법 강한 바람이 불기 시작했다. 갑작스런 돌풍에 몸이 휘청거릴 정도였다. 무릎까지 오는 눈밭에 다리를 묻고 스틱으로 몸을 지탱하며 잠시 대기하기로 했다. 하지만 잦아들 기미가 보이지 않았다. 몸을 숨길 곳이 없는 산등성이에서 강풍을 만나면 눈 쌓인 비탈을 몇백 미터나 굴러떨어질 수도 있다. 우리는 이쯤에서 철수하기로 했다.

관목지대 근처까지 돌아가자 바람이 한층 더 강해져서 나무를 잡지 않으면 제대로 서 있기조차 어려웠다. 대피소에서 바람이 잦아들기를 기다리는 게 좋겠다는 생각에 주위를 둘러봤으나 대피소가 보이지 않았다. 눈에 파묻혀버린 것이었다. 곧장 대피소를 살펴보러 갔다가 깜짝 놀랐다. 눈이 무려 4미터나 쌓여 있었다. 눈을 파내어 만든 계단을 따라 밑으로 내려가니 대피소 입구가 간신히 보였다. 산 밑에서는 이미 봄의 향연이 시작되었는데 다니가와산은 아직 겨울이었다.

날씨 때문에 비록 정상을 밟지 못하고 도중에 돌아왔지만, 새로운 산의 모습에 당황하지 않고 현명하게 대처하는 법을 경험해서 나름의 성취감을 느낄 수 있었다.

다니가와산 서쪽 산등성이는 나 정도 레벨인 사람도 즐

길 수 있지만 동쪽은 전혀 다른 얼굴을 하고 있다. 베테랑에게 다니가와산 하면 바로 이치노쿠라사와(一ノ倉沢)를 의미한다. 이치노쿠라사와는 쓰루기산(劍岳), 호타카산(穂高岳)과 함께 일본 3대 암벽으로 손꼽힌다. 그곳은 등산이라기보다는 암벽등반의 세계다. 같은 다니가와산이지만 전혀 다른 모습을 하고 있는 동쪽 산세를 사진으로밖에 감상할 수 없다는 것이 아쉬웠다.

오르면 되지 않냐고? 오르고 싶지 않은 게 아니다. 오를 수 없는 것이다. 고소공포증이 등산의 묘미를 즐기는 데 큰 장애물이 되기는 한다. 대신 꼭 한번 실제로 보고 싶었다. 다행히 이치노쿠라사와를 볼 수 있는 트레킹 코스(거의 하이킹 코스 수준)가 있다는 걸 알고 곧장 계획을 세웠다.

5월 말, 군마현 미즈카미온천을 지나 케이블카 출발장에 차를 세워두고 길을 나섰다. 코스는 마치가사와까지 1.1킬로미터, 거기서 이치노쿠라사와까지 2.2킬로미터, 다시 유노사와까지 2.2킬로미터로 이어졌다. 물론 우리는 걸어서 올라간다.

등산로는 잘 포장되어 있고 넓어서 걷기 편했다. 경사도 거의 없어서 힘들지 않았고 유비소강에 흐르는 물소리를 들으며 숲이 우거진 길을 걸으니 마음이 평온해졌다.

느긋하게 20분 정도 걸으니 마치가사와가 나왔다. 이치노쿠라사와에는 못 미치는 스케일이라고 들었는데 전혀 그렇지 않았다. 암벽에서 눈이 녹아 흐르는 모습이 정말 절경이었다. 잠시 감상하고 나서 다시 발길을 옮겼다. 30분 정도 걸었을까? 돌연 눈앞에 이치노쿠라사와가 나타났다. 정말로 '돌연'이라는 말이 어울렸다.

높이가 약 800미터쯤 되는 거대한 암벽이었다. 이건 도저히 카메라로 담을 수 없었다. 이치노쿠라사와의 웅장한 모습을 파노라마로 눈에 담았다. 사진으로는 많이 봤지만 실물의 박력과 위압감에 압도되어 보는 내내 할 말을 잃었다.

한동안 멍하니 바라보다가 정신을 차리고 벤치에 앉았다. 안내 지도의 설명을 읽으면서 군데군데 특이한 암벽 코스를 손가락으로 가리키며 찾아봤다. 역시나 일반인이 오르기에는 힘들어 보였다. 그중 높이가 약 300미터인 수직 바위는 밋밋하게 곧게 뻗은 게 아니라 곳곳에 바위가 돌출되어 있어 위험해 보였다.

이곳이 얼마나 험악한 산인지는 사망자 수가 말해준다. 1931년에 시작된 통계 자료에 따르면 2012년까지 총 805명이 여기에서 사망했다. 이는 8,000미터급 봉우리 14좌 사망자 수를 합친 것보다 많아서 세계 불명예 기록으로 기네스북에 올랐을 정도다. 요즘에는 장비나 도구가 발달해서 사고가 많이 줄었지만 위험한 산임은 틀림없다.

수많은 사고 중에서 1960년에 조난된 청년 두 명의 죽음이 가장 널리 알려졌다. 이치노쿠라사와에서 공중에 매달린 채로 발견되어 사람의 힘으로는 시신을 수습할 도리가 없어서 총탄 1,300발을 쏜 끝에야 자일(seil, 등산용 로프)을 끊고 시신을 수습할 수 있었다.

후카다 규야(일본의 유명 산악 문학가 – 옮긴이주) 씨는 이치노쿠라사와를 '마(魔)의 산'이라고 했다. '죽음의 산', '식인산'이라고 부르는 사람도 있다.

이처럼 위험한 암벽이지만 암벽 등반가들은 하켄(haken, 암벽 등반용 못 – 옮긴이주)을 박고 로프를 연결하거나 때로는 줄사다리를 이용해 이치노쿠라사와를 기어오른다. 여름뿐만 아니라 겨울의 극한 환경에서도 도전을 멈추지 않는다. 언제 눈사태가 일어날지 모르는데도 인간의 한계에 도전하는 것이다. 길가에 놓인 바위에는 사망자의 이름이나 나이가 새겨져 있다. 스물네 살, 스물한 살, 열아홉 살…… 젊다. 너무나도 젊다. 이들을 이치노쿠라사와로 이끈 열정은 과연 무엇일까?

어쩌면 인간은 두 가지 부류인 듯하다. 산을 보고 오를 수 있다고 믿는 사람과 오를 수 없다고 단념하는 사람. 전자가 산악인이고 후자가 등산객이다.

산의 매력은 위험도에 비례한다. 산악인으로 불리는 사람은 그 매력에 빠져 오르지 않고서는 못 배긴다. 죽음을 감지할 때 비로소 살아 있음을 실감하는 것이다. 일반인은 이런 삶을 이해하기 어렵지만 동시에 부정할 수도 없다. 분명 죽어도 좋다는 산악인은 없을 테다. 마지막 순간까지 죽을 리 없다고 자신을 믿을 것이다. 하지만 죽음은 가차 없이 찾아온다. 바로 그 순간이 되면 어떤 생각이 들까?

등산을 마치고 돌아가는 길에 다니가와산 산악자료관에 들렀다. 작지만 전시물이 충실했고 등산가들이 예전에 사용했던 장비나 도구가 촘촘히 전시되어 있었다.

배낭, 아이젠, 피켈(pickel, 등반용 얼음 도끼로, 빙설로 뒤덮인 경사진 곳을 오를 때 사용), 카라비너(carabiner, 암벽을 오를 때 쓰는 쇠고리. 하켄, 자일 등을 연결하는 데 사용함) 등은 하나같이 무겁고, 텐트, 레인웨어, 등산화 등은 하나같이 간소했다. 이런 장비로 이치노쿠라사와를 올랐다니 믿기지 않았다. 요즘 장비와는 비교가 안 될 정도로 단출하다. 당시 등산가들의 체력과 기술, 도전 정신, 산을 사랑하는 마음에 경외를 표할 뿐이다.

일본을 대표하는 등산가들도 이치노쿠라사와를 자주 찾

왔다. 모리타 마사루 씨, 하세가와 쓰네오 씨, 다베이 준코 씨, 다니구치 케이 씨, 다케우치 히로타카 씨, 야마노이 야스시 씨 등. 우리 산악회의 특별 고문이자 스승으로 모시고 있는 산학동지회 출신의 후카다 료이치 씨도 수없이 올랐다. 그야말로 이치노쿠라사와는 일류 등산가들을 키워낸 산이라고 할 만하다.

산에 갔는데 오르지 못했을 때는 늘 아쉽다. 하지만 이치노쿠라사와는 전혀 다른 감회를 안겨줬다. 바라보는 것만으로도 감정이 복받치는 최고의 산이었다.

목표는 정상이지만

야쓰가산 북쪽의 덴구산은 서쪽과 동쪽 두 개의 정상으로 이루어져 있다. 더 높은 쪽은 서쪽으로 높이는 2,646미터이다.

때는 5월 말이었다. 주차장(높이 약 1,900미터)에서 출발해서 중간에 잠시 한숨 돌린 후 오렌 산장(높이 약 2,330미터)까지 약 한 시간 반 걸려서 도착했다. 첫날에는 야쓰가산 남쪽의 이오산에 오를 예정이었다.

짧게 휴식을 취하고 곧장 출발했다. 먼저 나쓰자와 고개로 향했다. 5월 말인데도 삼림대에는 아직 눈이 반쯤 녹은 셔벗 상태로 남아 있어서 아이젠을 차도 걷기가 여간 불편한 게 아니었다. 게다가 꽤 쌓여 있는 곳도 있어서 무릎 높이까지 빠져 전진하기가 여의치 않았다. 결국 예상보다 시간이 오래 걸렸다. 결국 나쓰자와 고개를 지나 이오산을 8부 산등성이까지 오른 지점에서 돌아와야 했다. 산에서는 해가 일찍 지므로 늦어도 오후 네 시까지는 산장에 들어가는 게 좋다.

이오산은 처음이었는데 정상에 가지 못해 아쉬웠지만 유명한 폭렬화구(마그마 분출 없이 폭발만으로 생긴 화구 ─ 옮긴이주)를 직접 볼 수 있었다. 폭렬화구는 직경 1킬로미터, 깊이 550미터에 이르는 깎아 세운 듯한 낭떠러지로 매우 험준했다. 무서웠지만 아래를 내려다보고 싶어서 살금살금 낭떠러지 부근으로 다가가고 있는데 "그만 멈춰!"라고 대장이 외쳤다.

낭떠러지까지는 아직 2미터나 여유가 있어서 괜찮다고 생각했지만 이오산은 바람이 드나드는 길목이라서 언제 돌풍이 불지 모른다고 한다. 돌풍이 불면 몸을 가눌 수 없어 위험하기에 떨어진 곳에서 살짝 들여다보는 정도로 만족해야 했다. 날카롭게 깎인 바위의 형상이 '폭렬'이라는 말 그대로였다. 정상에는 오르지 못했지만 이런 풍경을 본 것으로도 충분히 감동적이었다.

그날 밤은 산장에서 잤다. 크고 멋진 노송나무 욕조가 있었는데 따뜻한 물로 몸을 씻으니 하루의 피로가 말끔히 풀렸다.

　이튿날 아침 일곱 시에 덴구산으로 향했다. 어제와 마찬가지로 삼림대를 빠져나와 다시 나쓰자와 고개로 갔다. 아침에는 기온이 영하여서 눈이 다소 딱딱해지지 않았을까 기대했지만 걷기 힘들기는 전날과 마찬가지였다.

　나쓰자와 고개를 넘어 이번에는 전날과 달리 반대편인 북쪽으로 방향을 잡았다. 삼림대를 빠져나오자 눈도 없고 길도 좋아 한결 걷기 수월했다. 한 시간 정도 걸려서 네이시산(根石岳, 높이 2,603미터)에 도착하니 덴구산의 동쪽 봉우리와 서쪽 봉우리가 보였다.

　"오른쪽에 보이는 뾰족한 게 히가시덴구고 왼쪽에 둥근 게 니시덴구야."

　'어? 생각보다 가깝잖아?' 마음이 조급해졌다. 네이시산에서 조금 내려와서 가까운 쪽인 히가시덴구로 향했다. 너덜겅을 빠져나오자 바윗길이 나왔다. 바위는 귀퉁이가 떨어져 나갔거나 균열이 가 있었다. 디디면 부서질 것 같아서 불안했지만 일단은 기어서라도 가는 수밖에 없었다. 예전에 아카산의 이런 바윗길에서 벌벌 떨었던 적이 있는데, 이제는 경험이 쌓여서인지 별로 무섭지 않았다. 오히려 흥분돼서 기분이 들떴다. '이게 클라이머스 하이인가?'라고 생각하며 혼자서 흐뭇

해할 정도였다. 마지막에 짧은 철교를 건넌 후 히가시덴구산에 도착했다.

정상은 좁았지만 다른 등산객이 없어서 배낭을 벗고 행동식을 먹으며 느긋하게 야쓰가산의 남쪽 연봉을 감상했다. 야쓰가산이 멋진 이유는 후지산, 히다산맥을 비롯해서 줄지어서 있는 봉우리들을 감상할 수 있다는 점이다. 날씨가 좋으면 요코산이나 아카산을 오르는 사람들이 보일 정도다.

'충분히 쉬었으니 니시덴구산을 향해 출발할까?'라며 배낭을 메려는 순간, 대장이 진지한 얼굴로 이오산 쪽을 바라보고 있었다. 시선을 좇아보니 이오산 아래쪽에서 구름이 뭉게뭉게 피어오르고 있었다. 불과 5분 전까지만 해도 보이지 않던 구름이다. 게다가 아직 오전이었다. 보통 오전에는 산의 날씨가 비교적 안정적이다.

"날씨가 나빠질 거야."

이어서 무슨 말을 할지 상상이 갔다.

'니시덴구산까지 20분이면 갈 수 있고, 어렵게 여기까지 온만큼 덴구산에 오르고 싶어. 구름이 있긴 하지만 아직 하늘이 맑잖아'라고 말하고 싶었으나 참았다.

"내려가자."

대장의 한마디에 배낭을 고쳐 메고 하산길에 올랐다. 아니나 다를까 이내 비가 내리더니 곧바로 싸라기눈으로 변했다. 산장에 도착하니 본격적으로 눈이 내리기 시작했다.

목표를 달성하지 못하면 분명 아쉽기는 하다. 하지만 이렇게 갑작스러운 날씨 변화를 경험할 때마다 역시 욕심보다는 안전이라고 생각을 고쳐먹게 된다.

이오산에서 요코산으로 가는 종주에 나선 건 초여름이었다. 지난번에는 시간이 부족해서 실패했지만 이번만큼은 이오산 정상에 오르겠다고 다짐했다. 처음 오르는 요코산은 봉우리가 총 일곱 개라 오르내리기를 반복해야 한다. 듣기로는 변화무쌍하지만 초보자도 제법 즐길 수 있는 코스라고 한다.

이번에는 아카산광천에서 1박을 하고 새벽 네 시 전에 기상해서 출발한다는 계획이었다. 아침밥은 전날 밤에 준비한 도시락을 먹었다. 여섯 시에 출발해서 두 시간 정도 걸려 아카산 정상까지 오르니 눈앞에 이오산이 펼쳐졌다.

나쓰자와 고개에서 올랐을 때와는 전혀 다른 느낌이었다. 여기서는 폭렬화구가 살짝 보일 뿐 넓고 완만한 하얀 너덜겅이 계속 이어졌다. 시야가 트여서 좋았지만 바람이 강해서 신중하게 걸어야 했다. 바람은 눈에 보이지 않아 방심하기 십상이다. 이오산은 안개가 자주 끼어서 그런지 길이 넓은데도 코스를 이탈해서 추락하는 등산객이 꽤 많다고 한다.

이날은 날씨도 맑고 바람도 약해서 크게 긴장하지 않고 기분 좋게 이오산 정상까지 오를 수 있었다. 기념사진을 찍고 나서 곧장 아오다케 산장으로 향했다. 아침밥을 네 시에 먹은 데다가 양이 적어서 배가 너무 고팠기 때문이다.

아오다케 산장은 상당히 오래돼 보였다. 흙마루에 놓인 탁자나 의자도 세월을 가늠케 했다. 점심을 주문하고 화장실에 갔는데 방금까지의 모습과는 달리 너무나도 현대적인 모습에 깜짝 놀랐다. 온수 비데에 샤워실까지 설치되어 있었다. 비데를 난생처음 보기라도 한 듯 일행에게 말했더니 다들 구경을 다녀오고는 감탄했다.

식사도 모두 맛있었다. 메뉴를 보니 사케나 와인도 저렴했고 일하는 분들도 매우 친절했다. 꼭 한번 이곳에서 묵고 싶다고 생각했지만 이오산은 날씨가 변덕이 심해서 이튿날 아침에 안개 때문에 발이 묶이는 일이 허다하다고 한다. 산장에 등산객이 별로 없는 이유를 알 듯했다. 계획이 틀어지면 속상하겠지만 언젠가 날씨를 잘 살펴서 꼭 이 산장에 머물겠다고 다짐했다.

식사를 마치고 요코산으로 향했다. 15분 정도 걸어서 산등성이에 들어서자 쇠사슬이 설치된 구간이 나타났다. 발밑을 조심하며 넘어갔더니 절벽이 길을 막아섰다.

'여기를 올라간다고?'

한 남성 등산객이 하니스(harness, 등반용 안전벨트)도 카라비너도 없이 거침없이 올라가는 모습이 보였다.

'이게 정말로 초보자용 코스라고?'

물론 나는 하니스를 차고 쇠사슬에 카라비너를 걸어서 셀프 빌레이(self belay, 자기 확보, 등반 중에 자신이 추락하는 것을 막기 위해 확보 지점에서 자신의 몸을 묶어 매는 것)를 확실히 했다. 높이 5미터 정도의 암벽이지만 아래로 깊은 계곡이 이어져 있어 시각적으로는 100미터를 오르는 기분이었다.

어떻게든 올라와서 한시름 났다고 생각했는데, 또다시 바위를 타고 올라가야 했다. 코스가 전반적으로 이랬다. 봉우리 간의 거리는 그렇게 멀지 않았지만 바위를 수직으로 오르거나 낭떠러지 옆을 가로지르고 사다리를 오르는 등 매 순간 긴장을 놓을 수 없는 코스였다.

처음에는 시간적으로나 거리상으로나 그렇게 힘들지 않아 보였지만 이상하리만치 몸이 녹초가 되었다. 아무래도 긴장했던 탓이리라. 연이어서 봉우리를 오르다 보니 줄곧 심적으로 부담이 컸던 모양이다. 긴장감이 신체에 얼마나 부담을 주는지 다시금 실감했다.

혹한기가 아닌 요코산은 난이도를 10단계로 구분했을 때 3단계 정도라고 한다. 이런 곳에서 쩔쩔매고 있었다니 자신감에 큰 상처를 받았다.

허술한 등산 모임에서 시작했지만, 산악회가 결성된 후 다른 멤버들의 실력은 날로 성장했다. 산악회 멤버 중 네 명은 3박 4일 일정으로 오쿠호타카산(奥穂高岳) 종주도 다녀왔다. 나는 일이 있어서 함께하지 못했지만 일이 없었더라도 참가하지 못했을 것이다. 아직은 오를 자신이 없기 때문이다. 멤버들은 우리 모임뿐만 아니라 다른 모임을 통해서 아카이시 산맥이나 히다산맥, 호타카산 종주, 쓰루기산까지 다니고 있었다.

내가 지금까지 등산을 간 곳들은 대부분 노력하면 오를 수 있는 산들이었다. 하지만 호타카산이나 쓰루기산 정도가 되면 노력만으로는 오를 수 없다. 더 위험해지고 혹독해질수록 지금까지와는 다른 체력과 기술, 노련함이 필요하다. 급경사로 이루어진 너덜경을 오르고 쇠사슬 같은 안전장치가 없어도 건너야 하며 발 디딜 틈 없는 벼랑에서 카라비너에 의지하며 견뎌내야 한다. 내가 과연 할 수 있을까? 고도도 장난이 아니다. 700~800미터 높이의 절벽은 흔하다. 실제로도 위험해서 한 시즌에 여덟 명 꼴로 추락 사고가 일어난다고 한다.

이처럼 험준한 산인만큼 다녀온 멤버들의 얼굴에는 성취감이 가득했다. 이런 모습을 보면 부러워서 견딜 수가 없다. 두려움을 극복하지 않으면 성취감을 맛볼 수 없다. 여기서 그만두면 어쩌면 나는 평생 오르지 못할 것이다.

"기술보다는 체력이 중요해요. 체력이 쌓이면 오를 수 있어요."

주위에서 격려해주지만, 멤버들이 목표로 삼은 산을 따라갈 수 있을까? 두려움을 극복할 수 있을까? 공연히 무리할 필요 없이 지금까지와 같은 산행에 만족해도 괜찮지 않을까?

솔직히 말해서 지금도 망설이고 있다.

8

산과
파
트
너

등산은 산도 중요하지만 함께 오르는 파트너도 중요하다. 아무리 잘 계획된 산행도 함께 오르는 사람과 트러블이 생기면 한마디로 기분 잡친다. 반대로 거친 날씨 속 최악의 산행이라도 동료와 기분 좋게 보내면 나름대로 즐거운 추억이 된다.

요즘 부부가 함께 등산을 즐기는 모습을 자주 본다. 대부분은 사이가 좋아 보이지만 가끔은 험악한 분위기를 연출하기도 한다. 일전에 본 부부도 그랬다.

"늦었다고! 왜 이렇게 굼떠? 좀 빨리 오라니까?" 퉁명한 남편.

"그럼 먼저 가든가. 난 내 페이스대로 갈 거야." 토라진 아내.

티격태격 신경전을 벌이는 모습이었다. 우리 부부도 가끔 이런다. 하지만 정말로 사이가 나쁘다면 함께 등산 따위 하지 않을 테니 평소에는 원만한 부부일 테다. 어찌 됐든 산까지 와서 보일 모습은 아니다.

한번은 고등학생으로 보이는 딸을 데리고 온 40대 부부를 본 적이 있다. 대화를 들으려고 한 건 아니지만, 어머니와 딸은 평소에도 함께 자주 산에 오르는 듯했고 아버지는 이번 동행이 처음인 듯했다. 그런데 아버지가 완전히 지쳐서 길가에 쭈그리고 앉아버리자 딸이 "짜증 나"라고 하며 미간을 찌푸리는 것이었다. 아버지는 나름 가족과 소통하려고 모처럼 산에 왔을 텐데 가족들이 몰라줘서 좀 애처로워 보였다.

자기가 오른 산을 무용담처럼 끝없이 이야기하는 사람도 있다. 최악의 파트너다. 대충 흘려들으면 되지만, 맞장구 쳐주는 것도 한두 번이지 계속 들으려면 꽤 지친다. 주위의 일행들도 괴로운지 몹시 지친 얼굴이었다.

어떤 아주머니는 오르는 내내 며느리 흉을 봤다. 산에 있을 때만큼은 세상사를 잊고 즐기면 좋으련만 함께 온 친구분이 지겨워하는 모습이 역력했다.

문득 S 씨가 떠올랐다. 등산을 막 시작하던 무렵 S 씨와 몇 번 산행을 함께했다. 뜻하지 않은 기회에 등산 의향을 물었더니 좋다고 해서 산에 흥미가 있는 줄 알았다. 처음에 함께 간 산은 아사마산이었다. S 씨는 지각할까 봐 두렵다며 등산로 입구에 있는 덴구온천에서 전날 숙박하겠다고 해서 참 신중한 사람이라고 생각했다. 그런데 이튿날 약속 시간에 나온 S 씨의 얼굴이 발그레한 것이 아닌가?

"어젯밤에 별도 잘 보이고 공기도 좋고 해서⋯⋯ 한 잔만 한다는 게 그만 달려버렸네요."

게다가 아침에 온천에 들어가서 해장술로 맥주를 마셨다는 것이었다. 일행 모두 아연실색. S 씨의 복장을 보고 또 한 번 놀랐다. 아무리 힘든 산이 아니라고 해도 높이가 2,000미터가 넘기 때문에 기본적인 장비는 착용해야 한다. 그런데 S 씨는 운동복 차림에 스니커즈를 신고 숄더백을 메고 있었다.

"그 차림으로 오를 건가요?"

"산에 입고 갈 만한 옷이 이거뿐이라서요."

S 씨는 아무 생각이 없었던 것이다. 멤버들은 어처구니가

없으면서도 웃겨서 등산 내내 키득거렸다.

비탈길을 가는 도중에 제법 큰 바위가 하나 있었는데 여기까지 간신히 오른 S 씨는 결국 두 손 두 발 다 들고 돌아가기로 했다. 이후에도 아사마산을 S 씨와 서너 번 더 함께 갔는데 약속이나 한 듯 매번 이 지점에서 포기하고 돌아갔다. 그래서 멤버들은 이 바위를 'S 회귀 바위'라고 불렀다. 결국 S 씨는 끝내 함께 정상에 오르지 못했다. 그래도 매번 S 씨 덕분에 웃음이 넘치는 산행이었다.

S 씨는 더 이상 산에 오르지 않는다. 실은 좋아하지 않으면서 억지로 따라왔던 것이다. 이후 산행에서 S 씨를 볼 일은 없었지만 하산 후 뒤풀이 때는 항상 이야깃거리로 등장했다. "처음 봤을 때 숙취가 장난 아니었잖아요"라는 단골 멘트와 함께 첫 만남을 떠올리며 이야기꽃을 피웠다. 혹시 마음이 바뀐다면 다시 꼭 함께 오르고 싶다.

산에 가면 사람이 바뀐다고들 하는데 나도 이 말에 동감한다. 예를 들어 평소에는 얌전한데 차만 타면 스피드 광이 되거나 항상 신중한데 게임만 하면 대담해지는 사람이 있다. 반대로 호탕한 사람인데 골프장에만 가면 속 좁은 모습을 보이는 경우도 있다. 마찬가지로 산에서는 평소와 다른 성향을 보이는 사람이 있다.

내 딸 연배의 O 씨 부부와 함께 산에 오른 적이 있다. 남편의 직업은 포토그래퍼이고 고소공포증이 있다고 했다.

구로후산 중턱에 아사마산의 절경을 만끽할 수 있는 곳이 있어서 함께 가게 되었다. 그런데 그 지점 바로 밑에는 높이가 300미터나 되는 낭떠러지가 있다. 처음에는 남편분이 벌벌 떨어서 가까이 가지도 못했다. 그런데 신기하게도 카메라를 잡는 순간 주저 없이 앞으로 나아가는 게 아닌가? 그 모습을 보고 불안한 나머지 고함을 쳤다.

"위험해요. 거기까지 가면…… 조심해요."

다행히 별 탈 없이 촬영을 마치고 무사히 돌아왔다. 물론 아사마산의 절경을 사진에 가득 담아 올 수 있었다.

"고소공포증이 있다고 하지 않았나요?"

"그렇긴 한데…… 뷰파인더로 보니까 하나도 무섭지 않아서요."

일종의 직업병인 건가 싶어 감탄했다. 이외에도 평소에는 무뚝뚝한데 산에만 오면 사교적이 되는 사람(함께 오르면 즐겁다), 평소에는 어두운 정장 차림인데 등산복은 유난히 빨갛고 파란 화려한 차림을 선호하는 사람(색다른 모습에 놀랐다), 평소에는 단것을 입에도 안 대는데 배낭에 한가득 과자를 싸 오는 사람

(가끔 뺏어 먹는다) 등등. 그리고 보니 슈즈맨 스즈키 씨는 산에만 오면 중년 여성들이 말을 건다. 산은 의외의 매력을 발견하게 하는 장소가 되기도 한다.

이렇게 산에서는 평소에 보이지 않았던 모습이 드러나서 발견하는 재미가 있다.

지인 중에 대학교 산악부 출신인 근육남 산 사나이 T 씨가 있다. 쉰 살 전후인 T 씨는 "지금도 자일 파트너와 매년 만나서 종종 한잔해요"라며 소식을 전했다.

자일 파트너?

단어의 의미로 볼 때 서로가 자일로 이어진 관계임을 짐작할 수 있다. 하지만 상상할 수 있는 건 여기까지였다. 무슨 이야기를 하고 싶어 하는지 궁금해하며 고개를 갸우뚱하자 T 씨가 말을 이어갔다.

"둘이서 암벽을 등반할 때 서로 자일을 걸어 연결하는 동료를 말해요. 한 사람이 앞서갈 때 자일로 연결된 다른 한 사람은 아래에서 자일을 빌레이하며 대기하는데, 만약 앞선 사람이 미끄러지면 자일을 단단히 쥐고 추락을 막는 역할을 하는 거예요."

"힘이 많이 들겠네요?"

"맞아요. 그래서 동료에게서 눈을 뗄 수 없죠. 오르는 게 순조롭지 않으면 굉장히 불안해져요."

자일 한 줄의 길이는 약 50센티미터인데 앞선 동료가 다 오르고 나면(이를 1피치라고 한다) 이번에는 앞선 동료가 자일을 빌레이해서 아래에서 올라오는 동료의 추락을 막는다. 이렇게 서로 안전을 확보해주면서 암벽을 오른다. 이것이 바로 자일 파트너이다.

생명을 맡기는 관계인 만큼 서로 신뢰하지 못하면 함께 등반할 수 없다. 요컨대 친구나 동료라는 개념을 뛰어넘는 현실적이고 강력한 관계다. 운명 공동체라는 의식이 없으면 관계 자체가 성립하지 않는다. 덕분에 함께 산을 오르지 않는 지금도 끈끈한 관계를 유지하나 보다.

그런데 문득 이런 생각이 들었다. 이러지도 저러지도 못하는 위급한 상황이 벌어지면 어떻게 할까? 이론적으로는 만약 한쪽이 미끄러지면 다른 한쪽이 추락을 막는다. 그런데 그렇게 해도 둘 다 살 수 없는 상황이라면? 자일을 어떻게 할 것인가? 최악의 상황에서는 자일을 자르는 방법밖에 없나? 아니면 운명을 함께할 것인가?

한 유명 등산가의 인터뷰 기사를 읽은 적이 있다.

"자일을 자르지 않으면 둘 다 죽고, 자일을 자르면 동료가 죽습니다. 이런 상황에 처하면 어떻게 할 건가요?"

유명 등산가는 당연하다는 듯이 말했다.

"자일을 자릅니다. 그렇게 하려고 주머니에 작은 칼을 항상 넣고 다니죠."

이 기사를 읽고 이 정도 각오와 결단력이 없으면 산에 오르지 못하겠구나 싶었다. 인터뷰 후에 등산가는 공교롭게도 유럽 알프스에서 바로 그런 상황을 맞닥뜨리고 말았다. 그런데 자일을 끊기는커녕 자신의 목숨을 걸고 자일 파트너를 구조했다. 기적과도 같은 일이었다. 둘 다 죽을지도 모르는 절체절명의 상황이었다. 입으로는 냉혹하게 말했지만, 마음은 쉽게 파트너의 자일을 끊지 못한 것이다. 과연 용기일까? 우정일까? 아니면 본능일까?

실화를 바탕으로 한 〈터칭 더 보이드(Touching the Void)〉라는 다큐멘터리 영화를 봤다. 등반 중 죽음을 눈앞에 두고 선택의 기로에 선 인간의 갈등과 생존을 진지하게 다룬 작품이다.

1985년 젊은 영국 등반가인 조 심프슨과 사이먼 예이츠는 페루 안데스산맥에 있는 높이 6,600미터에 달하는 시울라 그란데(Siula Grande)에 도전하기로 한다. 그러나 등반 도중 그만 조가 미끄러지고 만다. 공중에 매달려 있는 조 그리고 자일을 잡고 있는 사이먼. 사이먼은 오랫동안 자일을 놓지 않았지만, 더 이상은 생존할 가망이 없음을 느낀다. 결국 사이먼은 자일을 자르고 조는 빙벽 사이로 떨어진다.

혼자서 베이스캠프로 복귀한 사이먼은 낙담하면서 짐을 싸고 돌아갈 준비를 한다. 그런데 추락한 조가 살아서 돌아온 것이었다. 놀라우면서도 기적과도 같은 상황에 사이먼은 진심으로 기뻐했다. 하지만 조는 어떤 심정이었을까? 당시에는 아무 말도 하지 않았지만, 자신을 버리고 간 동료를 미워하지 않았을까? 아니면 당연한 선택이었다며 받아들였을까?

귀국 후 사이먼은 많은 사람들에게 자일을 끊은 것에 비난받았고, 알파인 클럽에서도 탈퇴를 종용받는다. 궁지에 몰린 사이먼 그리고 망설이는 조. 그 후 둘의 운명은 크게 갈린다.

영화에는 조와 사이먼의 실제 인터뷰도 나온다. 자일을 잘랐을 때와 자일이 잘렸을 때 둘은 각각 어떤 심정이었을까? 상대를 어떻게 생각했을까? 이 영화는 그들의 심리를 담담하게 그려냈다. 하지만 사이먼의 독백은 괴로웠다.

만약 이런 상황에 처한다면 어떤 선택을 할까? 마지막 순간까지 상대에게 희망을 걸 것인가? 아니면 한계점까지 견디다가 함께 추락하는 길을 선택할 것인가? 오히려 선택의 기로에 놓인 상대를 구하기 위해서 매달려 있는 자신의 자일을 직접 끊는 경우도 생각할 수 있다. 과연 여기에 정답이나 잘못이 있을까? 자일 파트너. 이 말이 주는 무게가 가슴 깊이 울리는 영화였다.

나는 아사마산에서 처음으로 대장과 자일을 연결했다. 물론 자일 파트너가 아니라 설산을 오르기 위해 대장이 나의 안전을 확보해준 상황이었다. 말하자면 일방적으로 의지할 뿐 내가 대장을 구할 수는 없었다. 내 쪽에서는 이걸로 만약의 사태를 방지할 수 있다고 안심했지만, 대장의 생각은 달랐을 것이다. 아마도 '아내가 떨어지면 나도 떨어진다'는 각오였으리라.

타인의 목숨을 간수한다는 책임감과 타인을 위해 자신을 희생할 수도 있다는 긴장감. 그 당시 대장이 무슨 생각을 했는지는 알 수 없지만, 지금은 그 심정을 상상할 수 있다. 그 정도는 알 수 있을 만큼 산에서의 경험이 쌓였다. 지금은 "위험하니까 자일을 걸자"라고 하면 겸허한 마음으로 "잘 부탁해요"라며 고개를 숙인다.

영화 이야기를 좀 더 할까 한다. 최근에 산악 영화를 볼 기회가 많아졌다.

일본 영화 〈에베레스트 신들의 산봉우리(エヴェレスト 神々の山

嶺〉, 미국과 영국의 합작 영화 〈에베레스트〉, 한국 영화 〈히말라야〉, 미국 영화 〈메루, 한계를 향한 열정〉을 봤다. 이 중 일본 영화는 소설을 원작으로 한 영화이고, 〈에베레스트〉와 〈히말라야〉는 실화를 바탕으로 만들어졌다. 〈메루, 한계를 향한 열정〉은 다큐멘터리 영화다.

산악 영화는 스토리뿐만 아니라 촬영지도 중요하다. 앞의 세 작품은 에베레스트가 주요 무대로 영화를 통해 베이스캠프, 아이스폴(ice fall, 빙하가 급사면을 따라 흘러내리거나 꺾이면서 굴곡을 이루며 생긴 지형), 옐로 록 밴드(Yellow Rock Band, 에베레스트의 높이 약 8300미터 부근 지대), 힐러리 스텝(Hillary step, 에베레스트 정상 직전에 있는 수직 빙벽) 등을 보며 에베레스트가 어떻게 생겼고 얼마나 위험한지 느낄 수 있었다. 영화마다 같은 곳을 어떻게 다르게 보여주는지도 흥미롭게 지켜봤다.

영화 〈에베레스트〉는 하산을 재촉하던 가이드가 오르고 싶어 하는 등반대를 챙기다가 죽음을 맞는다는 스토리로 인물들 모두가 제멋대로인 모습을 보여주어 역시 개인주의가 발달한 나라답다는 생각이 들었다. 〈히말라야〉에서도 대원들이 대장의 명령을 어기고 제멋대로 행동하는 위험한 상황이 연출되었는데 아마도 일본이었다면 상상하기 어려운 일이었을 것이다.

〈메루, 한계를 향한 열정〉은 세계 최고의 벽이라 불리며 히말라야 고산 거벽의 중요한 위치를 차지하는 난봉인 메루봉의 샥스핀 등정을 그린 다큐멘터리 영화다. 그래서 그런지 등반 장면이 박진감 넘쳤고 등산가 세 명의 인생과 갈등이 심금을 울렸다. 그들은 촬영도 직접 했는데 영상의 살벌함과 아름다움은 단연 압권이었다.

예전부터 느꼈지만 등산가 못지않게 그들을 촬영하는 카메라맨도 참 대단한 것 같다. 영화뿐만 아니라 산 관련 텔레비전 방송을 볼 때마다 그런 생각이 든다. 그들은 등반 장비뿐만 아니라 카메라 장비까지 짊어져야 하는데도 등반에 뒤처지지 않게 산을 오르며 곳곳의 모습을 아름답게 담아낸다.

전문가들의 이야기에 따르면 산악 카메라맨들은 거의 등산가 출신으로 훗날 카메라 기술을 익힌 사람들이 대부분이라고 한다. 어쩌면 그러지 않고서야 등산가들의 산에 대한 열정과 아름다운 영상을 담을 수 있을까 싶다. 일류 산악 카메라맨은 일류 등산가이기도 하다.

9

무섭고도
기
이
한
산
이
야
기

　산을 다니다 보면 다양한 일을 겪는다. 때로는 섬뜩해서 오금이 저리는 경험도 한다.

　한번은 몸 상태가 좋지 않아서 일행의 맨 뒤에서 걷고 있는데 내가 자꾸 뒤로 처지는 탓에 일행이 기다려주느라 시간이 계속 지체됐다. 미안한 나머지 "혼자서도 괜찮으니까 먼저 가요"라고 했다. 여러 번 오른 코스여서 길도 잘 알았고 날씨도 좋아서 걱정할 게 없었다. 합류 지점도 잘 아는 곳이었다.

일행들이 먼저 떠나고 이윽고 모습이 보이지 않았다. 나는 내 페이스대로 천천히 올랐다. 그런데 뒤에서 발소리가 들리는 것이었다. '누가 오나? 비켜줘야지'라고 생각하며 길 가장자리로 물러나서 돌아봤는데, 웬걸? 아무도 없었다.

'잘못 들었나?'

다시 걷기 시작하는데 또 발소리가 들렸다. 빠르게 뒤돌아봤는데 이번에도 아무도 없었다. '바람 소린가? 나무가 흔들리는 소린가? 아니면 짐승이 지나는 소리?' 몇 번이고 뒤돌아보며 걸었다.

합류 지점에 도착해서 발소리를 들었다는 이야기를 하자 대장이 말했다.

"산에서는 자주 있는 일이니까 신경 쓰지 마."

'저⋯⋯ 정말?'

어안이 벙벙했지만 실제로 이런 경험을 많이 한다고 한다.

U 씨는 단독 산행에서 다음과 같은 일화를 겪었다고 한다. 텐트를 치고 침낭에서 자고 있는데 밖에서 누군가가 부르는 소리가 들려서 길을 잃은 등산객인가 싶어 나가봤더니 아무런 인적이 없었다. 꿈이었나 싶어 텐트로 들어가려는데 또다시 목소리가 들려왔다. 한밤중이라 주위는 칠흑같이 어둡

고 시야에 들어오는 것이라곤 오직 어둠뿐이었다. 무서웠지만 "누구 있어요?"라고 어둠을 향해 말했다. 그러자 어딘가에서 "여기요. 여기예요"라고 말하는 것이었다. 텐트에서 나와서 소리가 나는 방향으로 십여 미터 걸어가다가 순간 멈칫했다. 소리는 낭떠러지 근처에서 온 것이었다. 하지만 낭떠러지에는 아무도 없었고 온몸에 소름이 돋아서 얼른 텐트로 돌아갔다고 한다.

"귀신이었나 봐요. 들어보니 그 근처에서 떨어져 죽은 사람이 꽤 있었대요." U 씨가 말했다.

다음은 W 씨의 일화다. 학창 시절 산악부였던 W 씨는 첫 겨울 산 종주에 나섰을 때 겪은 일을 들려줬다. 부원들과 무인 산장에서 자고 있었다고 한다. 밤 열두 시쯤 됐을까? 밖에서 문을 두드리는 소리가 나는 게 아닌가? 자다가 놀란 W 씨가 문을 향해 다가가자 리더가 "그냥 가서 자"라고 말렸다는 것이다.

"누가 온 것 같습니다."

"들어오고 싶으면 알아서 들어오겠지."

리더는 무심히 말했다. 그러고 보니 일리 있는 말이다. 문이 잠기지도 않았고 산장은 누구라도 들어올 수 있는 곳이었다. '어째서 안 들어오고 있지?'라고 생각하고 있는데 옆에 있던 선배가 이렇게 말했다.

"겨울에 이 산장에 오면 항상 그래. 오밤중에 노크하는 소리가 들린단 말이야……."

"네? 설마……."

"그냥, 그렇다고."

이튿날 아침, 산장 밖에 나와봤지만 쌓인 눈에는 발자국이 하나도 없었다고 한다.

그 밖에도 바위를 타는 위험한 코스에서 누군가가 등 뒤를 떠미는 듯한 느낌이 들었다거나 로프를 타고 암벽을 오르는데 누가 배낭에 매달려 있는 것처럼 무거웠다거나 하는 이야기를 종종 듣는다.

이런 무서운 이야기뿐만 아니라 좋은 이야기도 많다. T 씨가 들려준 이야기는 이러했다.

"친구와 둘이서 산행을 갔는데 나무뿌리에 걸려 넘어졌지 뭐예요. 발목이 접질려서 움직일 수가 없었죠. 바위에 이마를 부딪쳐서 피도 많이 났고요. 친구가 20분 거리에 있는 가까운 산장에 도움을 청하러 갔어요. 상처를 압박하고 있던 수건이 붉게 젖을 정도로 출혈이 심했거든요. 저 혼자 남겨지니 불안했어요. 이대로 죽으면 어떡하지? 이런 생각까지 드는데 어디에선가 중년 남자분이 나타난 거예요. '상처가 심하군'이라고 하며 수풀로 들어가더니 어떤 식물의 잎사귀를 뜯어오더라고요. 손에 침을 뱉고는 잎사귀를 문지르더니 이마의 상처에 붙이더군요. '이제 피가 멈출 거야'라며 중얼거리더니 어디론가 가버렸어요. 그러고 나서 친구가 산장에서 누군가를 데리고 왔어요. 나중에 들었는데 그 잎사귀는 지혈효과가 있는 약초라는 거예요. 친구는 등산객이 도와줘서 다행이라고 했지만 생각해보면 뭔가 등산객 같지는 않았거든요. 2,000미터가 넘는 산이었는데 배낭도 없이 편안한 재킷과 바지 차림이었어요. 그때 생각했죠. '산신령이었구나'하고 말이죠. 그렇게 생각할 수밖에 없는 상황이었어요. 그 후로 산에 오를 때는 산기슭의 신사나 사당을 보면 반드시 합장하고 인사를 드려요."

이왕에 산에서 영적인 경험을 한다면 아무래도 이런 산신령이 좋겠다.

그러고 보니 D 씨 이야기도 있다. D 씨는 어릴 때 반다이산(磐梯山) 산기슭에 있는 여관에서 숙박한 적이 있다고 한다. 등산하러 간 건 아니고 친구들과 온천에 들러 푹 쉬고 돌아올 계획이었는데 기묘한 경험을 했다는 것이다.

D 씨는 저녁 식사 시간까지 여유가 있어서 근처 야산으로

산책이나 갈까 하는 마음에 길을 나섰다. 숲을 지나 오르막과 내리막을 지나면 작은 정자가 있다고 해서 들러보기로 한 것이다. 한 시간이면 갈 수 있다고 해서 가볍게 혼자서 길을 나섰다. 오후 두 시가 채 되기 전이었다. 정자까지 갔다 와도 네 시 전에는 돌아올 수 있겠다 싶었다.

가을이어서 단풍이 아름답고 산길도 평탄해서 기분 좋게 산책하기에 좋았다고 한다. 발걸음도 가벼워서 정자에 도착했을 때는 별로 힘도 들지 않았다. 정자에서 쉬려고 마루를 보는데 앞서 쉬고 간 사람일까? 누군가가 버린 듯한 담배꽁초 한 개가 놓여 있었다. 별생각 없이 10여 분간 쉬다가 돌아가려고 일어났다. 세 시가 조금 지난 시간이었다. 하늘은 아직 밝았지만 키가 큰 나무들에 둘러싸인 숲속에는 조금씩 어둠이 내리고 있었다.

서둘러 돌아가는데, 20분 정도 걷다가 걸음을 멈췄다. 아까 그 정자와 비슷한 정자가 눈에 들어왔다.

'뭐야? 정자가 하나 더 있었네.'

안에 들어가보니 생김새도 그 정자와 똑같았다. 그런데 마루를 보고 깜짝 놀라고 말았다. 담배꽁초가 놓여 있는 것이었다.

'설마, 여기는 아까 그 정자?'

아무래도 길을 잘못 들어선 모양이었다. 어찌 된 영문인지 몰랐다. 올라온 길을 그대로 따라 내려왔는데 말이다. 뭔가 꺼림칙해서 정자를 곧장 빠져나왔다. 이번에는 신중하게 길을 확인하면서 산기슭으로 향했다. 그런데 20분 정도 걷다 보니 똑같은 정자가 또다시 나타났다.

'뭐지? 정말 길을 잃은 걸까? 말도 안 돼. 복잡한 길도 아니잖아. 그럼 그 담배꽁초는 뭐지?'

주변은 이미 어둠으로 덮인 후였다.

'돌아가자. 그런데 또 같은 정자가 나오면 어떡하지?' 무서웠다. 도움을 요청하려고 핸드폰을 켜보니 신호가 잡히지 않았다. 시간은 이제 다섯 시가 다 되었다. 밤이 깊어지면 못 돌아갈 게 뻔했다. 그렇다고 여기서 하룻밤을 보낼 수도 없었다. 기온이 급격히 떨어지고 있었다.

'어떡하지? 어떡하면 좋을까……'

당황스럽다 못해 두려움이 엄습했다.

바로 그때 작은 불빛이 보였다. 자세히 보니 헤드램프를 쓴 사람이 다가오고 있었다. 숯을 굽는 일을 하는 아저씨였다. 지푸라기라도 잡고 싶은 심정으로 헐레벌떡 그에게 달려갔다.

"안녕하세요."

아저씨는 깜짝 놀라며 말했다.

"이런 곳에서 뭐하고 있는 거요?"

"길을 잃은 것 같아요."

"길을 잃었다고? 산기슭이 바로 저긴데?"

"그건 아는데요. 아무리 걸어도 같은 곳이 계속 나와서요. 죄송한데 산기슭까지 함께 가주시면 안 될까요?"

"뭐, 그럽시다."

그렇게 해서 D 씨는 아저씨와 함께 숙소가 보이는 곳까지 갔다고 한다. 만약 그 아저씨를 만나지 못했다면 어떻게 되었을까? 숙소가 발칵 뒤집혀서 경찰이 출동했을지도 모른다.

"어찌 된 영문인지 모르겠어요." D 씨가 말했다.

"숙소와 그렇게 가까운 데서 길을 잃다니……. 지금 생각해도 뭐가 뭔지 잘 모르겠어요. 여우에게 홀리지 않고서야……."

나는 이 이야기를 듣고 인근 야산에서도 이런 일이 일어나는구나 싶어 갑자기 산이 무섭고 멀게 느껴졌다. 가장 무서운 건 본인은 길이 맞다고 확신하는 와중에 점점 더 길에서 벗어나는 상황일 것이다. 등산을 꽤 하는 사람들에게도 종종 일어나는 일이다.

산에는 여우도 있고, 곰도 있고, 사슴도 있고, 원숭이도 있다. 그리고 분명 산신령이나 어떤 영혼들도 어딘가에 숨어 있지 않을까.

10 후지산은 오르기 위한 산인가, 감상하기 위한 산인가?

한번은 산악회에서 후지산에 가보자는 이야기가 나왔다. 슈즈맨 스즈키 씨가 "난 시즈오카현 출신인데 아직 후지산을 오르지 못했어요. 꼭 한번 오르고 싶은데, 어떻게 안 될까요?"라며 말을 꺼냈다. 이 말을 들은 기쿠치 씨도 "나도 시즈오카 출신인데 아직 못 가봤어요. 나도 갈래요"라며 맞장구를 쳤다.

물론 나도 가보고 싶었다. 아무래도 일본의 최고봉이니까 말이다. 후지산의 높이는 3,776미터, 이왕이면 정상에 한 번은 서보고 싶었다.

꿈이 실현된 건 후지산이 세계유산으로 등록되기 바로 전해의 8월 말이었다. 후지산을 찾는 등산객 수는 매년 30만 명 전후다. 대부분의 등산객은 시즌인 두 달 동안에 집중되기 때문에 한층 더 놀라운 숫자가 아닐 수 없다. 단순하게 계산하면 매일 5천 명이 후지산을 찾는 셈이다.

이번 후지산 등반 멤버는 일곱 명이었다. 도쿄에 사는 멤버들은 이른 새벽 신주쿠에서 버스를 타고 출발하여 새벽 다섯 시쯤에 등산로 입구(높이 2,305미터)에서 만나기로 했다.

나는 가루이자와에서 출발해야 했고 멤버 중에서 나이가 가장 많아 체력에 자신이 없었다. 그래서 전날 미리 후지산 산기슭에 있는 호텔에서 하룻밤을 머물렀다.

내가 도착한 날은 흐려서 아쉽게도 후지산이 보이지 않았다. 하지만 저녁이 되자 구름이 걷히더니 석양에 물든 아름다운 산등성이를 드러냈다. 등산로에는 등산객들의 헤드램프 불빛이 줄을 지어 흔들리고 있었다. 내일이면 나도 저기를 오른다고 생각하니 기분이 들뜨고 설렜다.

다음 날 아침, 역시 날씨가 흐려서 후지산이 보이지 않았다. 아쉬웠지만 어쩔 수 없었다. 멤버들과는 예정대로 등산로 입구에서 합류했다. 등산로 입구만 해도 벌써 2,300여 미터다. 고도에 익숙해지기 위해 한 시간가량 주변을 어슬렁거렸다.

등산로 입구에 있는 광장은 사람들로 붐볐다. 레스토랑이나 기념품 가게가 있어서 그런지 일반 관광객을 비롯해서 산행을 시작하는 사람과 끝내는 사람 등등 남녀노소로 무척 혼잡했다. 외국인도 매우 많았다. 배낭을 짊어진 등산객 차림은 물론이고 무려 하이힐에 미니스커트를 입은 관광객도 섞여 있었다.

우리는 오전 열한 시가 되어 출발했다. 등산로 초반부에는 말이나 마차도 지날 수 있는 넓고 완만한 길이 이어졌다. 날씨는 여전히 흐렸고 화산 가스도 짙어서 멀리 풍경이 거의 보이지 않았다. 천천히 오르자고 해서 느긋하게 올랐다.

이즈미가폭포부터는 길이 다소 험준해지기 시작했다. 아니다, 이 정도로 가파르다고 하면 웃음을 살 게 뻔하니 숨이 조금 차오르는 수준이라고 정정해야겠다.

한 시간쯤 걸어서 마침내 6부 산등성이에 도착했다. 높이로는 90미터밖에 오르지 않았다고 해서 살짝 충격을 받았다. 주위는 여전히 화산 가스로 차 있었다. 날씨가 흐려서 경치는 그저 그랬지만 대신 시원했다. 하지만 조금 서 있다 보니 시원한 게 아니라 추워졌다. 산 아래는 기온이 아마 30도가 넘을 텐데 여기는 다른 세상이구나 싶었다.

대장은 탈수가 고산병을 일으키는 가장 큰 요인이니 물만큼은 자주 마시라고 여러 차례 당부했다. 고산병이 어떤 건지는 출발 전에 들었다. 높이 3,000미터가 넘으면 셋 중 하나가 고산병 증세를 겪는다고 한다. 그러니까 우리 일행 중 두 명은 걸릴 수 있다는 것이다. 과연 어떤 증상일까? 당시에는 상상이 안 됐다. 걸려도 어떻게든 될 거라고 생각했다.

삼림대를 빠져나오자 화산 가스가 사라졌다. 고개를 들어 보니 등산로가 정상을 향해 구불구불 나 있었고 생각보다 멀어 보여서 불안했다. 게다가 길은 돌이 굴러다니는 너덜경이었고 경사도 제법 심했다. 길에는 등산객 행렬이 길게 이어져 있었다.

묵묵히 오를 수밖에 없었다. 점점 숨이 차고 허벅지와 무릎이 아파왔다. 발걸음도 점차 느려져 뒤에 오던 사람들이 나를 앞질러 갔지만 어쩔 수 없었다. 여기서 힘내봐야 지칠 게 뻔하니 내 페이스를 유지하며 올라야 했다.

오후 두 시쯤 높이 2,700미터인 7부 산등성이에 도착했다. 화산 가스 때문에 아쉽게도 경치가 거의 보이지 않았다. 숙박하려는 산장은 8부 산등성이에 있다. 앞으로 한 시간 반은 더 걸어야 도착한다고 한다. 물도 마시고 초콜릿도 먹고 아미노

산도 섭취하며 잠시 쉰 후에 다시 출발했다.

여기서부터는 등산로가 좁아졌다. 급경사를 이룬 바위를 타고 넘어갔는데 아무리 올라도 끝이 보이지 않았다. 헉헉 소리가 날 정도로 호흡이 거칠어졌다. 산소도 부족해서 폐로 충분히 들어오지 않는 느낌이었다. 멤버들도 대화를 멈추고 묵묵히 오르는 데 집중했다.

오후 세 시가 지나 드디어 8부 산등성이에 있는 산장에 도착했다. 높이가 3,100미터다. 3,000미터를 오른 건 이번이 처음이었다. 하루 동안 휴식 시간을 포함해서 네 시간 만에 높이 800미터를 올랐다. 시간이 다소 걸리기는 했지만 고산병 증상을 보이는 멤버도 없었고 무사히 도착해서 안심이 됐다.

해가 떨어지자 화산 가스가 멈췄다. 산 아래로 거리의 불빛이 반짝거리는 모습도 보였다. 높은 곳에 올라왔음을 실감하는 순간이었다. 날씨도 좋아져서 별이 손에 잡힐 듯 한층 더 가깝게 보였다. 바람은 찼지만 볼에 닿는 느낌이 좋았다. 다음 날은 일출을 보기 위해 새벽 한 시에 출발할 예정이어서 일곱 시 반에 잠자리에 들었다.

그런데 이상하게 잠이 오지 않았다. 분명 피곤할 텐데 눈이 말똥거렸다. 자기에 이른 시간이기도 했지만, 무박 등산객 무리들이 끊임없이 올라오는 탓에 등산로에 인접한 산장에는 그들의 발소리와 대화 소리가 끊임없이 흘러들어왔다. 어렴풋이 잠이 들었다가 깨기를 반복했다. 이런 상태로 밤 열두 시에 기상해서 출발 준비를 마쳤다. 충분히 잠을 자지 못해서 괜찮을까 걱정했지만 오히려 숙면을 하면 호흡이 얕아서 고산병에 걸리기 쉽다고 한다.

산장 앞에 나가 있으니 산장지기가 말했다.

"정상에서 가까운 등산로는 일출을 보는 등산객이 많아서 매우 혼잡할 거예요."

기온은 5도. 정상 부근은 더 낮을 것이다. 서서 기다리기가 고통스러울 정도로 추웠다. 어차피 정상에서는 사람들이 많아서 제대로 일출을 보지도 못할 듯했다. 출발을 새벽 세 시로 늦추기로 했다. 등산로가 동쪽을 향하고 있어서 일출은 어디서든 볼 수 있다고 한다. 정상에서 보고 싶었지만 어쩔 수 없었다.

잠을 제대로 못 잤지만 컨디션은 좋았다. 아침밥도 남김없이 먹어서 든든했다. 이 정도라면 정상까지 문제없다는 생각에 의욕이 불타올랐다. 새벽 세 시가 되자 우리는 방한용 의류로 갈아입고 털모자의 헤드램프를 켠 후 산장을 나섰다.

그런데 출발한 지 30분 정도가 지났을 무렵부터 웬일인지 점점 속이 안 좋아지는 기분이었다. 아침 식사로 먹은 게 소화가 안 됐는지 속이 더부룩한 느낌이었다. 한동안 참아봤지만 3,370미터까지 올랐을 때는 더 이상 움직일 수가 없었다.

'더는 안 되겠어. 토할 것 같아······.'

"더 이상 못 가겠어요. 정상은 포기할래요. 내 걱정은 말고 갔다 와요. 하산할 때 합류하기로 한 곳에서 기다릴게요."

이 말을 들은 멤버들이 잠시 쉬자고 했다. 아무래도 고산병 증상인 듯했다. 자고 일어났을 때는 그렇게 컨디션이 좋더니, 수면 부족이 원인인지 아침밥을 너무 많이 먹어서 그런 건지 정확한 이유를 알 수 없었다.

녹초가 돼서 벤치에 앉아 있는데 서서히 동쪽 하늘이 밝아왔다. 짙은 남색의 하늘이 조금씩 붉게 물들더니 하늘 전체가 벌겋게 타들어가는 듯했다. 이윽고 태양이 바다에서 얼굴을 내밀었다. 일출이었다. 빛이 일직선으로 뻗어와서 얼굴에 닿았다. 너무나도 황홀한 광경이었다. 넋이 나간 듯 보고 있으니 우리 일행과 함께 따라나선 산장지기가 한마디 거들었다.

"이번 시즌 최고의 일출이네요."

너덜너덜해진 내 마음을 위로하려고 그냥 하는 말이었을지도 모르지만 매우 기뻤다. 정상까지 오르지 못했지만 이렇게 아름다운 일출을 볼 수 있어서 보람 있고 만족스러웠다.

일출을 감상하고 나서 멤버들은 다시 배낭을 멨다. 전의를 완전히 상실한 나는 멤버들을 먼저 보낼 생각이었다. 그런데 대장이 "자, 가자"라는 것이었다. 물론 나는 고개를 저었다.

"난 안 되겠어. 합류 지점에서 기다릴게."

"괜찮아. 햇볕을 받다 보면 괜찮아질 거야. 정상까지 오를 수 있어."

'햇볕을 받으면 회복된다고? 설마⋯⋯.'

그렇게 생각하고 있는데 대장이 다시 재촉했다.

"가자!"

산에서는 절대로 무리하지 않는 대장이 이렇게까지 이야기하는 게 신기했다. 대장은 이번 후지산이 아홉 번째였다. 지난번은 겨울 후지산이었다. 겨울에 비하면 지금이 훨씬 편하겠지만 엄두가 나지 않았다. 결국은 거의 떠밀리다시피 해서 다시 올랐다.

놀라운 일이 일어났다. 대장이 말한 대로 몸이 가벼워지기 시작한 것이다. 햇볕을 받는 동안 몸속이 따뜻해지고 컨디션이 점점 좋아졌다. 정말 신기했다. 태양의 신비로운 에너지를 실감한 순간이었다.

한 시간쯤 더 오르니 9부 산등성이었다. 정상까지는 이제 정말 얼마 안 남았지만 경사가 심해서 숨소리가 거칠어졌다.

길도 나빠서 다리에 잔뜩 힘이 들어갔다. 조금밖에 남지 않았으나 내게는 먼 거리였다.

드디어 정상으로 들어가는 도리이가 보였다. 정상에 도착하자 "해냈어" 하고 힘 빠진 목소리가 겨우 새어 나왔다. 정상은 쾌청해서 멋진 풍경을 볼 수 있었다. 멀리 바다와 만의 풍광이 펼쳐졌고, 여러 개의 호수도 또렷이 보였다. 실눈을 뜨고 보니 도로를 달리는 차들도 보였다.

멤버들과 사진도 찍고 어묵도 먹었다. 한창 들떠서 기념품을 사다 보니 체력도 다시 회복되었다. 깊이 200미터인 분화구 감상도 빼놓을 수 없다. 분화구를 보면서 또 한 번 후지산을 오른다면 분화구 둘레를 일주해야겠다고 다짐했다.

정상에서 한 시간가량 머물다가 하산했다. 하산로는 등산로와 다른 루트였다. 가파르지 않고 길이 넓은 데다가 바위도 없고 모래가 깔려 있었다. 묵묵히 앞으로 걷기만 하면 돼서 오를 때보다는 편했다.

그런데 큰 착각이었다. 30분쯤 걸으니 무릎이 저려왔다. 오를 때 쌓인 피로 때문인지 팔다리가 따로 놀았다. 허리가 찢어질 듯 아파서 자꾸만 주저앉고 싶어졌고, 발이 앞으로 쏠리니 발톱이 빠질 듯 고통스러웠다.

분명 오르막도 힘들었다. 심폐기능이 한계를 넘어서인지

고산병 증상도 있었다. 그런데 내리막은 이와는 또 다른 고통을 안겨줬다. 근육과 관절이 비명을 지르고 머리가 멍해져서 두뇌의 사고 능력이 멈춘 듯했다. 이런 상태가 세 시간 이상 지속되었다.

스포츠맨 기지마 씨와 하이브리드 고바야시 씨는 역시나 놀라운 속도로 내려갔다. 역시 스포츠맨다운 면모를 보였다. 기쿠치 씨는 담담하게 자기 페이스를 유지했고 슈즈맨 스즈키 씨는 무릎이 아픈 모양이었지만 내 곁에서 함께 걸어줬다.

5부 산등성이인 등산로 입구에 도착했을 때는 얼마나 안도했는지 모른다. 다리는 이미 내 것이 아닌 느낌이었다.

"다들…… 정말로……. 수고…… 했어요."

갈라지는 목소리로 간신히 인사를 하고 멤버들과 악수를 나눴다. 등산화를 벗으니 양쪽 엄지발톱에 피가 맺혀서 새까매져 있었다.

두 번째 후지산

어찌 됐건 일출도 봤고 정상도 밟았다. 여한이 없었다. 더 이상 후지산에 오를 일은 없을 줄 알았다. 그런데 3년 만에 다시 오르게 됐다.

실은 그해 가을에 에베레스트로 가서 높이 5,545미터인 칼라파트라를 오르자는 계획을 세운 참이었다. 그 전에 후지산에서 고지 훈련을 하기로 한 것이다.

최근 3년 동안 아사마산을 시작으로 야쓰가산까지 오르면서 체력에도 자신이 붙었다. 지난번보다는 수월하게 오를 수 있으리라고 생각했다. 내가 얼마나 달라졌는지 내심 시험해보고 싶기도 했다.

멤버는 칼라파트라에 같이 가기로 한 네 명으로, 이전과 마찬가지로 등산로 입구에서 출발하기로 했다. 그날은 비가 와서 처음부터 우비를 입고 올라야 했다. 등산로를 개방한 직후여서 거의 겨울과 맞먹는 추위였고 입에서는 새하얀 입김이 나왔다. 등산객도 별로 안 보였다. 덕분에 혼잡했던 지난여름과 달리 한적한 분위기 속에서 오를 수 있어서 좋았다.

빗속이었지만 일행 모두 컨디션이 좋아서 순조롭게 7부 산등성이까지 올랐다. 역시 3년 전보다 체력이 좋아진 듯하여 기뻤다. 하지만 어찌 된 일인지 계획이 미묘하게 틀어지기 시작했다. 체력적인 문제라기보다는 다른 문제들이 발생하기 시작한 것이다.

먼저, 점심밥을 먹기로 하고 전부터 인터넷으로 운영 시간을 확인해둔 산장이 웬일인지 문이 닫혀 있었다. 전혀 예상치 못한 일이었다. 다른 방도가 없었다. 별수 없이 다음 산장으로 향했다. 다음 산장에 와서 보니 식사가 될 만한 메뉴가 없었다. 겨우 컵라면 정도였다. 등산로를 개방한 지 얼마 안 돼서 그런가? 식사가 안 된다니 어쩔 수 없이 컵라면이라도 먹기로 했다. 배가 고프기도 했고 빗속을 걸어서 차가워진 몸을 조금이라도 빨리 데우고 싶었다.

그런데 산장으로 들어가려다가 제지를 당했다. 젖은 상태로는 들어올 수 없다고 했다. 젖은 옷으로 들어오면 빗물이 떨어져 처리하기 힘들다는 이유였다. 어처구니가 없었다. 밖에서 먹으라고 해서 마지못해 컵라면을 건네받았지만, 비가 세차게 내리고 있었다. 컵라면에 빗물이 들어와서 순식간에 식어버렸다. 맛까지 싱거워진 라면을 선 채로 묵묵히 목구멍으로 넘겼다.

그다음 산장도 사정은 다르지 않았다. 뜨거운 커피를 마시고 싶어서 문을 열었지만 안으로 들여보내주지 않았다. 이유는 같았다. 비는 계속 내렸고 몸은 식어갔다. 이쯤 되니 의아해졌다. 산장은 등산객들이 의지하기 위한 장소일 텐데 현실은 그렇지 않은 듯했다.

계속해서 비를 맞으며 걸어서 가까스로 숙박하기로 한 산장에 도착했다. 안으로 들어서자마자 비닐봉지 두 개를 건

네받았다. 각각에 신발과 우비를 넣은 후에 침상으로 가라고 했다. 신발도 우비도 흠뻑 젖은 상태였다. "말릴 수는 없을까요?"라고 부탁했지만 "죄송합니다"라며 일언지하에 거절당했다.

별수 없이 비닐봉지 두 개를 들고 침상으로 향했다. 2단 구조로 된 침상에 이불이 빽빽이 깔려 있었다. 너무 좁아서 배낭은 발밑에 겨우 놓았다. 비닐봉지 두 개는 어디에 둘지 망설이다가 몸을 최대한 웅크려서 공간을 만들 수밖에 없었다. 이불은 눅눅했고 침낭에는 모래도 있어서 서걱거렸다.

'여기서 자야 하는구나…….'

어쩔 수 없다고, 이곳의 규칙이니 지킬 수밖에 없다며 스스로를 달랬다. 하지만 점점 화가 치밀어 올랐다. 무엇보다 너무 추웠다. 다른 등산객들도 마찬가지였는지 침상으로는 들어가지 않고 난로가 설치되어 있는 큰 방에 모여 불을 쬐고 있었다. 다만 땔감이 조금밖에 들어 있지 않은 탓에 불이 초라했고 몸을 데우기에는 역부족이었다. 땔감을 좀 더 넣으면 좋겠건만, 난로 앞에 앉아 있는 산장 주인은 요지부동이라 누구 하나 나서는 사람이 없었다.

그러던 중 등산객 한 명이 구석에서 팬 히터를 발견하고는 산장 주인에게 켜달라고 부탁했다. 대답은 역시나 '안 된다'였다. 지금 사용하면 나중에 연료가 부족하다는 것이었다.

세계유산 이슈 때문인지 그날은 외국인 등산객도 매우 많았다. 숙박객 50여 명 중 70퍼센트가 외국인이었다. 이들은 아무런 불평도 하지 못하고 잠자코 추위를 견뎌내고 있었다.

일본 사람으로서 부끄럽기도 하고 슬프기까지 했다. 어쩔 수 없이 참고 있어야 하는 건가? 그렇다고 잠자리가 무료인 것도 아니다. 무려 8천 엔에 달하는 숙박비를 지불했다. 산장이 존재하는 이유는 뭘까 싶었다. 가지고 온 옷을 모조리 꺼내 입고 바들바들 떨면서 이런 생각을 계속했다.

이튿날 아침에는 날씨가 개어서 구름 사이로 햇빛을 볼 수 있었다. 예전보다 확실히 체력적으로 여유도 생겼고 고산병 증상도 없었다. 등산 자체는 개인적으로 매우 의미가 있었다. 하지만 기분이 영 개운하지 않았다. 밤새 추위 때문에 한숨도 자지 못해서 빨리 내려가고 싶었다. 어서 몸을 데우고 싶었다. 그저 얼른 집에 가고 싶었다. 머릿속은 온통 이런 생각들로 가득해서 결국 정상은 포기하고 그대로 하산했다.

"후지산은 오르기 위한 산이 아니에요. 감상하기 위한 산이랍니다."

누군가의 말이 떠올랐다.

일본에서 가장 높은 산. 가장 유명한 산. 한 번은 오르고 싶

은 산. 이것이 후지산이다. 하지만 나에게 세 번째는 없을 것
이다.

11

겨울 산의
아름다움과 혹독함

등산을 시작하고 2년째가 되던 해, 가을이 무르익었을 무렵이었다.

문득 대장이 말했다.

"슬슬 준비해야 해."

"난로랑 땔감 말이지?"라고 답하니 대장이 딱하다는 표정을 지었다.

"그게 아니라, 겨울 등산 준비 말이야."

잠깐 동안 할 말을 잃었다. 당시 나는 겨울 산은 엄두도 못 내던 터였다. 여름 산조차도 힘에 부치는데 눈 쌓인 길을, 군데군데는 빙판일 길을 오를 생각은 애초에 없었다.

이런 내 마음을 읽기라도 했는지 대장은 말을 이어갔다.

"겨울 산이 얼마나 아름다운지 알아? 이 세상의 것이 아닌 듯한 풍경이 펼쳐져. 사계절 중에 겨울이 으뜸이지."

싹이 트기 시작하는 봄도 아름답다. 여름철 고산식물도, 가을이 깊어지면 단풍도 멋있다. 겨울 산이 이보다 더 멋지단 말인가?

이야기를 들을수록 묘하게 궁금해졌다. 하지만 엄동설한에 호타카산이나 야쓰가산을 오를 자신은 없었다. 대장은 날씨 좋은 날을 골라 눈 덮인 아사마산에 먼저 가보자고 했다. 잘할 자신은 없었지만 설경이 그토록 아름답다니 보기는 봐야 하지 않을까 싶었다.

장비부터 동계용으로 다시 마련해야 해서 등산용품 전문점을 찾았다. 등산용품은 원래 비싸지만 동계용은 한층 더 비쌌다. 그렇다고 동계용 장비 없이 겨울 산을 오를 수는 없는 노릇이다. 실력이 부족하다면 장비로라도 부족한 부분을 채워야 했다.

먼저 의류다. 속옷, 이너, 다운, 플리스, 아우터, 오버 팬츠,

장갑, 모자, 선글라스 등이 필요했다. 물론 의류뿐만이 아니다. 동계용 등산화, 발톱 수가 열두 개인 아이젠(발톱이 여섯 개인 아이젠도 필요), 피켈, 눈길을 편안히 걷게 해주는 스노 슈즈도 샀다.

모든 장비를 구비한 뒤에 깨달았다. 이만큼 준비했으니 '사용하지 않고서는 아까워서 못 배기겠구나' 싶었다. 대장도 이런 과정을 거쳤다고 한다. 망설여질 때는 좋아 보이는 장비를 지르는 게 답이라고. 뭐니 뭐니 해도 장비를 갖추면 오르고 싶어지는 법이다.

어쨌든 첫 겨울 산이다. 다른 계절과는 상황이 다르다. 아무래도 아사마산을 오르기 전에 연습이 필요할 듯해서 먼저 고아사마산(小浅間山, 높이 1,655미터)을 찾았다.

고아사마산은 아사마산 동쪽에 있으며 아사마산의 축소판 같은 산세다. 등산로 입구에서 정상까지의 높이는 약 250미터로 오르는 데는 40분 정도가 걸린다. 등산로가 완만해서 연습으로는 최고의 코스였다.

주차장은 평소에 찾는 등산객이 없어서인지 다섯 대면 가득 찰 정도로 좁았다. 우리 차 말고 다른 차는 없었다. 첫 겨울 산이지만 몇 번 올라가본 산이라서 마음은 가벼웠다. 등산로 입구의 적설량은 20~30센티미터, 기온은 0도였다.

먼저 등산화 위에 아이젠을 덧신어야 했는데 꽤나 번거로웠다. 내가 구매한 아이젠은 원터치 방식이었다. 먼저 아이젠에 등산화를 올려놓고 발뒤꿈치를 뒤쪽 클립에 맞춘 다음, 뒤쪽 클립에 달린 끈을 앞쪽 클립에 매어서 단단히 조이는 방식이었다. 끈이 걸리적거리지 않도록 마무리까지 하면 준비 완료다.

집에서 몇 번 연습해봤지만 동계용 장갑 때문인지 실제로 착용하려니 좀처럼 쉽지 않았다. 별수 없이 장갑을 벗었는데 대장이 곧바로 주의를 줬다.

"아이젠 탈착은 장갑을 낀 채로 하는 거야. 여기는 기온이 많이 낮지 않아서 괜찮지만 위로 올라가면 동상 걸려. 그러니까 장갑에 익숙해져야 해."

하는 수 없이 장갑을 낀 채 겨우겨우 착용하는 데 성공했다. 아이젠을 착용하면 생각보다 발이 무거워진다. 동계 등산화는 하계용보다 큰 데다가 아이젠을 더하면 한쪽 발만 무게가 1킬로그램이 넘는다. 다만 옛날과 비교하면 극적일 만큼 가벼워졌다고 한다.

본격적으로 산행에 들어가기 전에 두 가지 주의 사항을 들었다. 양발의 간격을 어깨 너비로 유지할 것. 땀이 차지 않을 정도로 걸을 것. 전자는 한쪽 발의 아이젠 발톱이 다른 쪽 발에 걸려 넘어지는 것을 방지하기 위함이고, 후자는 땀을 흘리면 쉴 때 체온이 순식간에 떨어져 저체온증에 걸릴 위험이 있기 때문이다.

아이젠을 차고 사각사각 눈을 밟는 느낌이 상당히 상쾌했다. 미끄러질 걱정이 없어서 한 발 한 발 생각만큼 움직일 수 있었다. 불안정한 너덜겅을 오르는 것보다 훨씬 쾌적했다. 손에는 스틱 대신에 피켈을 들었다. 아직은 사용법을 모르지만 언젠가 익숙해질 거라고 생각했다.

등산화와 아이젠의 무게가 조금씩 부담되기 시작했는지 불과 20분 만에 다리가 떨려왔다. 바로 그때였다. 뭐지? 하는 순간, 앞으로 고꾸라졌다. 오른쪽 아이젠의 발톱이 왼쪽 등산화에 걸린 것이었다. 정신을 차리고 보니 넘어져 있었다. 그것도 '철퍼덕' 소리가 날 정도였다. 조심한다고 했는데 정말로 순식간에 벌어진 일이라 넘어진다는 느낌도 없었다. 눈에 파묻힌 채 망연자실하고 있자 대장의 설교가 시작됐다.

"여기가 낭떠러지 근처였으면 바로 골로 가는 거야."

대장은 엄한 말투로 말을 이어갔다.

"추락만 위험한 게 아니야. 아이젠 발톱은 날카로워서 흉기나 마찬가지야. 잘못하면 신발을 뚫고 발에 박히거나 몸에 찔려서 큰 상처를 입기도 한다고. 느려도 되니까 한 걸음 한 걸음 신중하게 걷도록 해!"

걸음걸이가 게걸음 같으면 어떠하랴, 안전이 최고다. 대장의 말대로 신중히 걷다 보니 이윽고 삼림대가 나오고 전망이 좋아졌다. 하지만 그곳에는 북풍이 거칠게 불고 있었다. 바람의 세기와 차갑기는 상상을 초월했다. 풍속 1미터당 체온이 1도씩 내려간다고 한다는데, 귀가 아플 정도로 추웠다. 처음에는 아프다 정도였는데, 곧바로 귀가 찢어질 만큼 아프더니 나중에는 감각이 느껴지지 않았다. 아우터에 달린 모자를 써도 귀 안쪽에서 뇌까지 통증이 퍼졌다. 체온을 높이기 위해서라도 필사적으로 몸을 움직여 부지런히 올랐다.

어쨌든 겨우 정상에 올라서 한시름 놓았나 싶었는데 이번에는 체온이 급속도로 떨어지기 시작했다. 오르는 동안에는 몰랐는데 제법 땀이 났는지 입고 있던 옷이 젖어 있었다. 결국 한심하게도 대장이 당부한 두 가지 주의 사항을 모두 지키지 못했다.

고아사마산에서 몇 차례 훈련을 거친 후 드디어 아사마산의 외륜산인 구로후산을 찾았다. 몇 번이나 오른 산이지만 눈으로 덮인 등산로는 처음이라서 마치 처음 보는 산처럼 느껴졌다.

등산로 입구의 높이는 2,000미터다. 가장 통상적인 코스를 설명하면, 먼저 15분가량 완만한 오르막을 걸어서 고개를 넘으면 내리막이 나타나고 그 뒤로 급경사의 오르막이 이어진다. 20분 정도 오르다 보면 넓은 너덜겅이 보이는데 그다음은 수월하게 오를 수 있다. 20분 정도 더 걸어서 삼림대를 빠져나오면 나무 계단이 시작된다. 계단이 많이 훼손되어 있고 (현재 보수 중이다) 호흡이 거칠어지는 지점이기도 하다. 15분 정도 더 걸으면 대피소가 나오고, 그대로 마지막 삼림대를 지나면 아사마산의 전체 모습을 감상할 수 있는 지점이 나온다. 여기서 내려다보는 풍경은 단번에 피로를 날려버릴 만큼 경치가 뛰어나다.

이번은 겨울 산이다. 시작은 바위가 눈으로 덮여 있어서 걷기 편했지만, 고개를 넘자 앞선 사람이 없는지 길이 아무런 흔적이 없는 새하얀 눈으로 덮여 있어서 여기가 등산로인지 아닌지 분간하기 어려웠다. 대장이 루트를 새로 만들면서 앞서 올랐다. 나는 아래서 대기하고 있다가 괜찮다는 대장의 신호를 받고 따라 올라갔다.

이대로 대장이 만든 루트를 따라가면 되는데 내 딴에는 경로를 단축한다고 가끔씩 루트를 벗어났다. 그런데 한참을 오르다가 갑자기 '쑥!' 하는 소리와 함께 몸이 눈 속으로 빨려 들어가는 것이었다

눈이 가슴까지 찼다. 앞으로 나가려고 몸을 움직여봤지만 빠져나올 수가 없었다. 뒤로 빠져나가려고 해도 마찬가지였다. 눈의 압력이 상당해서 그야말로 진퇴양난이었다. 어떻게든 빠져나오려고 하는데 대장이 "수영해"라고 말했다.

'지금, 수영이라고 했나?'

무슨 말인지 감이 오지 않았다. 재차 묻자 눈 위에 몸을 눕히고 평영을 하듯 양손과 양발을 움직여 앞으로 나가라는 뜻이었다. 반신반의했지만 다른 방법이 없었다. 그런데 정말이었다. 수영을 해서 눈 더미를 탈출할 수 있었다. 어쨌든 안도감에 한숨을 쉬었지만, 겨울 산에서 수영을 하게 될 줄은 꿈에도 몰랐다.

이런 말도 안 되는 실수를 반복하기는 했지만 겨울 산의 아름다움은 역시 각별했다. 특히 아사마산에서 내려다본 풍경은 평생 잊지 못할 듯하다. 마에카케산의 경사면부터 유노타이라고원의 카르까지 새하얀 숲이 펼쳐져 있었다. 마치 내가 산신령이 된 듯한 느낌이었다. 상고대로 뒤덮인 나무들이 햇빛을 받아 은빛으로 반짝이는 모습은 백만 그루의 크리스마스트리 같았다.

그 뒤로 겨울 산을 자주 오르게 되었다. 야쓰가산이나 다니가와산에도 다녀왔다. 역시 대장의 말대로 겨울 산은 갈 때마다 뭔가 다르다는 느낌을 받는다.

물론 겨울이니만큼 날씨를 잘 골라서 가야 한다. 다만 예보는 예보일 뿐 겨울 산에서는 날씨가 더욱 심하게 변덕을 부린다. 일기예보가 맑음이어도 급격히 날씨가 변해서 눈이 내리는 경우도 다반사라 충분히 주의해야 한다.

그럼에도 겨울 산이 얼마나 아름다운지를 알았고 등산이 얼마나 힘든지를 알았기 때문에 더 욕심을 부리고 만다. 좀 더 높은 곳에 오르면 얼마나 더 멋진 풍경이 기다리고 있을까? 얼마나 더 뿌듯할까? 눈이 내리긴 하지만 조금만 기다리면 그치지 않을까? 이런 욕심이 스멀스멀 차오른다.

항상 그렇지만 원하는 곳까지 오르려고 해도 도중에 날씨가 나빠져 힘든 상황을 맞을 수도 있다. 또한 오를 때 힘을 다 빼면 하산할 때 위험해진다.

"산이 도망가는 거 봤어? 다음에 또 오면 돼."

등산은 정상을 밟았다고 끝나는 게 아니다. 무사히 내려오는 것도 등산이다. 정상에 올랐지만 하산하지 못하면 그저 조난에 지나지 않는다.

올해도 겨울이 돌아왔다. 겨울, 아무도 발을 들여놓지 않은 새하얀 눈길을 걸으며 멋진 풍경을 볼 수 있다는 건 지나치게 사치스럽고 즐거운 일이다. 하지만 솔직히 말하면 딱 하나 안 했으면 하는 것이 있다. 바로 러셀이다. 러셀은 눈 쌓인 길을 사람의 힘으로 헤치며 루트를 만들어가는 작업을 말하는데, 이게 정말로 중노동이다.

폭설이 내리고 난 다음 미즈노토산으로 트레이닝을 갔을 때를 떠올리면 지금도 아찔하다. 미즈노토산은 아사마산의 외륜산 중에 하나로 초보자용 암벽 등반을 즐길 수 있는 곳이다.

그날은 전망대까지 눈길이 나 있던 덕에 아이젠만 착용하고 쉽게 오를 수 있었다. 그런데 산등성이를 지나자 더 이상 발자국은 없고 제법 많은 눈이 쌓여 길이 막혀 있었다.

대장은 러셀을 하기 시작했다. 먼저 양쪽 무릎으로 쌓인 눈을 헤치고 발을 디딜 수 있게 눈을 다졌다. 이렇게 한 발 전진한 후에 피켈로 쌓인 눈을 긁어내고 다시 양쪽 무릎으로 헤쳐갔다. 이런 동작을 반복하면서 루트를 만들어나가는데, 한 발 나가기 위해서 몇 가지 단계를 거쳐야 하니 시간 소모가 꽤 컸다.

제아무리 대장이지만 30분가량 러셀을 하고 나니 힘들었던지 쉬자고 했다. 나는 그저 뒤를 따르기만 했는데 너무 미안해서 교대하자고 했다. 생애 첫 러셀 도전이었다.

어깨너머로 본 대로 먼저 눈을 무너뜨리고 무릎으로 다진 후 피켈로…… 하지만 5분 동안 겨우 5미터도 나아가지 못했다. 순식간에 숨이 가쁘고 땀이 차올랐다. 더는 무리였다. 정말 힘든 작업임을 그때 깨달았다.

결국 곧바로 다시 교대. 대장은 처음부터 알고 있었다는 듯이 아무 말도 하지 않았다. 아쉽게도 그날은 정상까지 오르지 못했다.

이 일이 있은 후, 구로후산에서 러셀 도중에 화를 내는 대장의 모습을 봤다. 전날 눈이 내렸는데 등산로에는 누구도 지나간 흔적이 없었다. 눈밭에 다리가 무릎까지 빠졌다. 대장은 등산로 입구에서부터 묵묵히 러셀을 시작했다. 겨우 한 고개를 넘어가자 눈이 한층 더 깊어졌다. 30분쯤 헤쳐나가다가 잠시 쉬며 지나온 길을 돌아보니 20미터 뒤에 삼십 대로 보이는 커플이 우리 뒤를 따르고 있었다. 우리가 쉬니까 그들도 발을 멈췄다. 휴식을 끝내고 다시 대장이 러셀을 시작하자 그들도 다시 걷기 시작했다.

러셀은 아무래도 30분이 한계인 듯, 다시 휴식 시간을 가졌다. 뒤돌아보니 그들도 발을 멈추고 있었다. 그러다가 세 번째 휴식을 할 때 대장이 배낭을 풀더니 "잠시 다녀올게"라고 했다.

무슨 일인지 궁금했다. 대장은 멤버를 남겨두고 뒤따라오던 커플에게 다가가더니 몇 마디 짧은 대화를 나누고 곧바로 돌아왔다. 대장의 담담한 얼굴에는 화가 감춰져 있었다.

대장 뒤를 따라서 커플이 우리 앞으로 왔다. "러셀해주셔서 고마웠습니다. 여기서부터는 저희가 앞장설게요"라고 인사를 하더니 앞서가기 시작했다. 대장은 잠자코 고개를 끄덕였다. 잠시 쉰 뒤에 대장이 "자, 우리도 갑시다!"라고 해서 배낭을 메고 다시 출발했다.

하산 후에 무슨 일이 있었는지 물어봤다.

"남이 러셀하는 길을 편하게 뒤따라오기만 하는 사람을 러셀 도둑이라고 해. 그 커플은 의도적이었어. 그래서 열 받아서 그랬지."

"그래서, 뭐라고 했는데?"

"아주 신사적으로, 함께 러셀하지 않겠냐고 물어봤을 뿐이야. 말귀를 알아먹었는지 당황하며 자기들이 러셀을 하겠다고 하더군."

러셀은 고되다. 피할 수 있다면 피하고 싶다. 그렇다고 러셀 도둑이 될 텐가? 그날 이후로 나도 언젠가는 러셀에 참여해야겠다고 다짐했다. 그러지 않으면 겨울 산에 오를 자격이 없는 것이다. 겨울 산의 아름다운 풍경에 보답으로.

12

장비를
다
시
점
검
해
보
다

산에 갈 때는 최악의 상황에 대비해 최선의 장비를 준비해
야 한다. 특히 겨울 산을 오르려면 미리 장비를 정비해둬야 한
다. 이는 매우 중요한 일이다.

이번 동계 시즌을 시작할 때는 아이젠을 살펴보고 반성했
다. 지난겨울에 사용하고 나서 그대로 방치해둔 탓에 발톱이
뭉툭해져 있었기 때문이다. 아이젠은 눈이나 얼음뿐만 아니
라 바위나 돌에도 직접 노출되는 만큼 발톱 끝이 쉽게 무뎌

진다. 발톱이 제 기능을 못하면 위험하기 때문에 줄로 정비를 해야 한다.

등산화는 3년에 한 번 정도는 밑창을 갈아주는 게 좋고, 방수 스프레이도 꼼꼼히 뿌려둬야 한다. 자신의 몸을 지켜주는 장비는 귀찮아도 정비를 소홀히 해서는 안 된다. 이번 기회에 장비를 전반적으로 다시 점검하기로 했다.

먼저 배낭이다. 나는 배낭 네 개를 번갈아 사용하고 있다. 처음 구매한 배낭은 트레킹용(하지만 하이킹용에 가깝다) 소형 배낭이다. 당시에는 앞으로 등산을 계속할지 몰라서 별로 고민하지 않고 적당해 보이는 제품을 골랐다. 하지만 산에 가서 알게 되었다. 내가 산 배낭은 너무 작고 사용하기 불편하다는 걸. 이럴 줄 알았다면 '처음부터 좀 제대로 된 제품을 살걸' 하고 후회했다. 한심하지만 내게는 흔한 일이다.

그 후에 30리터짜리 배낭을 샀는데 크기도 알맞고 사용하기에도 편리해서 2박 정도의 일정은 충분히 소화했다. 자연스레 가장 자주 애용하는 가방이 되었다. 다만 바깥쪽에 주머니가 좀 더 많으면 물건을 넣고 꺼낼 때 편리하겠다고 생각했다.

세 번째 배낭은 외부 포켓이 세 개나 더 많은 걸로 샀다. 가운데 포켓이 크게 달려 있어서 마음에 들었다. 예전부터 아이젠을 벗고 난 뒤에 어떻게 처리할지가 고민이었다. 진흙이 묻고 젖어 있어서 늘 케이스에 담아 배낭 안에 넣어야 했다. 케이스도 아이젠 발톱에 찢어진 탓에 완전히 밀봉되지 않아 배낭 안이 젖기 일쑤였다. 배낭 외부 포켓에 넣으면 젖을 걱정도 없고 무엇보다 배낭을 열지 않고도 쉽게 수납할 수 있으니 편리하겠다고 생각했다.

하지만 이 배낭은 실패였다. 몸에 맞지 않아서 메고 있으면 너무 쉽게 지쳤다. 벨트 부분을 묶고 풀기가 불편해서 손가락이 끼는 일이 잦았다. 어쩔 수 없이 두 번째 배낭으로 다시 돌아갔다. 아무래도 이 제품이 내게 꼭 맞는 듯했다.

그러다가 야쓰가산의 남쪽 연봉에 올랐을 때 겪은 일이다. 그날은 아카산광천에서 묵고 다음 날 아침에 아카산을 오른 뒤 다시 광천으로 돌아와서 하산하는 일정이었는데, 내려가는 길에 산장에 맡겨둔 짐을 배낭에 담고 곧장 출발해야 했다.

그런데 맡겨둔 짐이 도무지 배낭에 들어가지 않았다. 올 때와 짐이 다를 게 없는데 왜 안 들어가는지 알 수가 없었다. 가지고 온 군것질거리는 다 먹어서 오히려 짐이 줄었을 텐데 말이다. 해가 지고 있던 터라 서둘러야 했는데 짐을 싸지 못하는 나를 한심하다는 듯이 보고 있던 대장이 한마디 했다.

"뭐 해? 비켜봐."

결국 남은 짐을 대장이 대신 가지고 가기로 했다.

지금도 왜 그랬는지 알 수가 없다. 내게는 이런 일도 자주 일어난다. 예를 들어 수납 주머니에 넣었던 다운재킷을 입고 난 뒤에 다시 수납 주머니에 넣으려면, 어찌 된 영문인지 매번 들어가지 않는다. 생각해보면 출발할 때부터 배낭은 이미 꽉 차 있었다. 어느 정도 여유 공간이 필요했는데 처음부터 잘못이었다.

그래서 이번에는 40리터짜리 큰 배낭을 샀다. 컸지만 가볍고 몸에도 잘 맞았다. 당일 산행용으로는 너무 거대하지만 안심할 수 있어서 최근에는 이 제품만 사용한다. 네 번째 구매로 드디어 내게 꼭 맞는 배낭을 만난 것이다.

가끔 옛날 등산화에 캔버스 천으로 된 긴 배낭을 메고, 품이 넓고 느슨해서 무릎 부분에서 졸라매게 되어 있는 니커보커스(knickerbockers, 무릎까지 오는 품이 넉넉한 바지)에 울 소재 체크 셔츠 차림을 한 나이 지긋한 등산객을 만날 때가 있다. 초창기 등산 붐이 일었을 때부터 계속 산행을 이어온 분일 테다. 장비는 크고 무거우며 기능성도 떨어져 보이지만 장비를 소중히 다루는 멋진 분이라는 걸 한눈에 알 수 있다. 산을 사랑하는 마음도 전해진다.

이런 등산객을 볼 때마다 뭐든 새것만 좇지 말고 지금 가지고 있는 장비를 잘 손질해 오래 사용하자고 다짐한다. 물론 이렇게 다짐의 글을 써놓고서도 잉크가 채 마르기 전에 새 제품에 대한 호기심이 끓어오른다.

장비는 진화를 거듭한다. 더 가볍게, 더 작게, 그리고 더욱 뛰어난 기능을 자랑하는 제품이 매년 선을 보인다.

실은 요즘 눈여겨보고 있는 아이템이 있다. 먼저 스틱이다. 지금 사용하고 있는 제품은 3단인데 길이 조절이 스크루 타입이 아닌 레버 타입이라 구매했다. 문제는 최소 길이로 줄여도 배낭 길이보다 길어서 배낭 포켓에 꽂고 걸으면 나뭇가지에 잘 걸렸다. 그래서 요즘에는 접이식 제품을 살펴보고 있다. 접으면 35센티미터 정도까지 길이가 줄기 때문에 나뭇가지에 걸리는 일은 없을 테다. 그런데 지금 쓰고 있는 스틱이 멀쩡해서 당분간은 바꾸기 어려울 듯하다.

우비도 새로 장만하고 싶다. 2년 전에 바꾼 제품은 이전 제품보다 기능이 뛰어나다고 믿었는데 오랫동안 비를 맞으니 봉제선 주변부터 젖기 시작했다. 계속 신경이 쓰이던 차에 멤버 한 사람이 최신 제품을 보여주었다. 방수성과 투습성이 탁월한 데다가 가볍고 작고 간편했다. 신축성도 뛰어나 움직일 때 편안해서 입고 벗기에도 편리하다는 이점이 있었다.

기본적으로는 갖고 있는 장비에 애정을 쏟고 잘 관리해서 오래 사용하고 싶다. 하지만 새 제품이 나오면 마음이 흔들린다. 지름신이 오락가락하는 게 사실이다. 지름신이 한번 강림하면 참으로 견디기 힘들다.

새 제품에 대한 유혹을 이겨내볼 작정으로 갖고 있는 등산 장비를 정리해보기로 했다. 방 한쪽 구석에 등산 장비 코너를 마련해두었는데 언제부턴가 물건이 넘쳐서 정돈해야 했다.

일단 전부 꺼내봤다.

"어머, 이건 왜 산 거지? 분명 필요해서 샀는데 한 번도 안 썼잖아……."

펼쳐놓고 보니 이것저것 많이도 샀구나 싶었다. 모자만 열 개였다. 등산을 시작했을 때는 야구 모자처럼 생긴 캡 타입이 멋있어서 몇 개 샀다. 그런데 얼굴과 목이 햇볕에 노출되어 검게 타는 것이었다. 아무래도 안 되겠다 싶어 챙이 넓은 등산 모자로 바꿨다. 유행하는 컬러풀한 모자도 샀는데 몇 번 써보니 뭔가 부끄러워서 손이 잘 가지 않았다.

결국 따져보니 여름용은 열이 잘 빠지도록 일부가 메시 소재로 된 통기성이 뛰어난 모자, 겨울용은 두꺼운 울 소재로 귀마개가 달린 모자와 조금 추울 때를 대비한 방한 비니, 마지막으로 한겨울용 발라클라바(balaclava, 얼굴 부분만 트이고 머리와 목을 덮는 방한용 모자) 이렇게 네 종류만으로도 충분했다. 나머지 모자는 처분하기로 했다.

다음은 줄곧 넥워머인 줄 알고 사용해온 넥게이터다. 목에 감는 용도인데 넥게이터가 정식명칭이라고 한다.

슈즈맨 스즈키 씨는 다용도 넥게이터가 편리하다고 한다.

"목도리의 일종이라고 생각하는 사람이 많은데, 실은 용도가 다양해요. 햇볕이 강할 때는 모자 대용으로 머리에 쓰고, 자외선이나 벌레, 모래 먼지 등이 신경 쓰이면 마스크 대용으로 쓸 수도 있어요. 필요 없을 때는 손목에 감아 손목밴드로도 활용할 수 있죠. 이외에도 여러 가지 사용법이 있어요"

내가 가지고 있는 제품은 울이나 플리스 소재라서 따뜻했지만 신축성이 없고 땀 흡수력이 떨어졌다. 다음 시즌 때는 슈즈맨 스즈키 씨가 추천한 제품을 장만하기로 하고 지금 사용하는 제품은 일상생활용으로 사용하기로 했다.

장갑도 매우 중요하다. 특히 겨울용은 동상을 방지하기 위해 보온 효과가 뛰어난 제품이 필수다. 실패했던 제품은 '이거 하나면 충분해'라며 우겨서 샀던, 방수 기능을 갖춘 가죽 원단의 두꺼운 장갑이었다. 보온 효과는 매우 뛰어났지만 너무 투박해서 산에서 신발 끈을 고쳐 묶거나 배낭의 지퍼를 열고 닫을 때 불편했다. 손가락을 써야 할 때는 항상 벗어야 해서 언젠가부터 거의 사용하지 않게 되었다.

소노하라 씨도 이런 말을 했다.

"저도 보온성이 뛰어나다고 해서 겨울용 벙어리장갑을 샀는데 산행할 때는 뭐니 뭐니 해도 손가락을 쓸 수 있는 제품이 좋더라고요. 결국 벙어리장갑은 이제 안 써요."

전적으로 동감이다. 사람에 따라 다르겠지만 나는 얇고 신축성이 있는 장갑과 방수성이 있는 장갑을 겹쳐서 끼는 게 가장 적합한 것 같다.

겹쳐서 착용하는 방식은 의류도 마찬가지다. 처음 마련한 다운재킷은 오리털 이불처럼 풍성해서 점원이 "남극에도 갈 수 있어요"라고 했을 정도였다. 이것만 입으면 어떤 추위도 이겨낼 수 있을 것 같았는데 별로 입을 날이 없었다. 따뜻하기는 확실히 따뜻했다. 하지만 등산할 때는 움직이면 덥고 멈추면 춥기 때문에 섬세한 체온 조절이 필요하다. 아무래도 외투 한 장으로는 세세한 온도 조절이 불가능하다. 얇은 이너와 플리스, 아우터와 다운재킷 등을 적당히 겹쳐 입고 상황에 맞춰 벗거나 입는 방식이 훨씬 편리하다는 것을 알게 되었다.

스포츠맨 기지마 씨는 "얇지만 기능성이 뛰어난 의류가 많아요"라며 멤버 중에서 가장 얇게 입고 다닌다.

"따뜻하고 냄새도 나지 않는 메리노 울 소재의 내의는 필수품이에요."

역시 뭔가 남다르다고 생각했는데 비결이 있었다.

풍성한 다운재킷도 일상용으로 입어야겠다. 가루이자와는 한겨울에 영하 20도까지 내려가는 날도 있으니 쓸모가 있을 것이다.

이 정도로 정리하고 보니 다른 소소한 용품들에도 눈이 갔다. 나는 배낭 앞에 물통 수납용으로 보틀 홀더를 달아뒀다. 배낭 옆에 있는 포켓에 물통을 넣으면 꺼낼 때 불편해서 매번 배낭을 벗어야 했기 때문이다. 하지만 경사가 가파른 곳이나 사다리를 오를 때는 보틀 홀더가 바위나 사다리에 걸려서 위험하기 때문에 이런 코스가 나오면 항상 홀더를 빼고 나서 올랐다.

그때 하이드레이션 팩을 알게 됐다. 하이드레이션 팩은 주머니에 물을 담아 배낭에 넣고 주머니에 연결된 얇은 튜브로 물을 빨아 먹는 방식이다. 언제 어디서든 걸으면서도 물을 마실 수 있어 아주 편리하다. 최근에는 하이드레이션 팩을 이용하는 사람이 매우 많아졌는데, 우리 산악회도 절반 정도가 사용하고 있다. 특히 바위 산등성이를 오를 때 편리하다.

물론 하이드레이션 팩이 만능은 아니다. 슈즈맨 스즈키 씨는 나와 생각이 달랐다.

"하이드레이션은 물이 얼마나 남았는지 모르잖아요? 겨울에는 튜브가 얼어서 물이 안 나오는 단점도 있어요."

역시 일장일단이 있다. 내가 하이드레이션 팩을 사기를 주저하는 이유는 관리하기가 까다롭기 때문이다. 사용하고 나면 팩과 튜브를 씻어서 잘 말려야 한다. 이런 생각을 하면 그냥 페트병이 속 편하다. 칠칠치 못한 내가 과연 잘 관리할지 의문이라서 일단 보류하기로 했다.

멤버들에게 행동식에 대해서도 의견을 물었다. 등산할 때 에너지 보급을 위한 행동식이라고 하면 아무래도 초콜릿을 많이 떠올린다. 초콜릿 하나로 조난을 이겨냈다는 이야기도 많다. 하지만 여름에는 쉽게 녹고 겨울에는 딱딱하게 굳어서 무슨 맛인지 잘 모르고 먹을 때가 많다. 그래서 쿠키로 감싼 초콜릿이 편리하다.

개인적으로는 단것도 좋지만 짭짤한 음식도 좋아한다. 등산할 때는 땀을 많이 흘리기 때문에 염분 섭취가 매우 중요하다. 나는 후키미소(쌉쌀한 맛의 어린 머윗대에 된장을 넣고 볶은 것 ― 옮긴이주)를 좋아해서 매년 단골 초밥집에 만들어달라고 부탁하는데 멤버들에게도 인기가 많아서 뿌듯하다.

그 밖에도 비타민, 구연산 등이 들어 있어서 피로 회복에 좋은 에너지 보조 식품도 늘 지니고 다닌다. 정말로 효과가 있는지는 잘 모르겠지만 일종의 플라시보 효과를 볼 수 있어서 가지고 있으면 든든하다.

언젠가 한번은 하이브리드 고바야시 씨의 행동식이 궁금해서 물어봤다.

"그게 뭐예요?"

"투명한 물통에 좋아하는 행동식을 넣어 다녀요. 주로 '단짠'인 과자를 골고루 넣어요. 물통에 넣고 다니면 꺼내기도 쉽고 먹기도 쉬워서 편해요."

이처럼 투명한 물통에 이것저것 넣어서 휴대하는 방식은 여러 산악인들도 애용한다고 한다. 언뜻 보면 술안주 같지만 먹는 모습도 그렇고 뭔가 숙련된 등산가 느낌이 난다. 역시 하이브리드 고바야시 씨답게 절묘한 스킬이라고 생각했다. 나도 한번 따라 해봐야겠다.

13

산에서
무슨 일이 생기면?

등산에 관한 운동생리학이나 운동 과학 연구 결과 등을 살펴보면 히다산맥이나 아카이시산맥(일본의 알프스라 불리는 산악 지대)을 무리 없이 오르기 위해서는 낮은 산에서 높이 1,000미터를 세 시간 이내에 오를 수 있는 정도의 기초 체력이 필요하다고 한다. 그래서 나는 높이 1,400미터인 덴구온천 아사마산 산장에서 2,568미터인 아사마산 정상까지 세 시간에 주파하는 것이 평소의 목표였다.

예전에 세 시간 반 만에 올라가보기도 했지만 그때는 몸 상태는 물론이고 날씨도 좋은, 말하자면 최상의 컨디션이어서 평균적인 기초 체력이라고 보긴 어려웠다.

요즘은 등산이 붐이라 연예인들이 가이드와 함께 유명한 산들을 오르는 방송을 자주 볼 수 있다. 하지만 방송이라 그런지 혹독한 산임에도 아름다운 풍광과 즐거운 분위기를 연출하려고 엄청 노력하는 느낌이다. 그래서 방송을 보다 보면 '나도 오를 수 있겠어!'라고 쉽게 생각하게 된다.

이런 근거 없는 자신감이 제 실력을 뛰어넘는 산에 도전하는 빌미가 되기도 한다. 나도 가끔 착각에 빠질 때가 있어 주의하고 있다.

이런 생각을 하게 된 건 산을 오르기 시작하고 몇 년이 흐른 최근의 일이다. 산행을 하면서 기초적인 문제점을 여러 차례 지적받다 보니 나름 고민이 생기기 시작한 것이다.

"자세!"

오르막은 물론이고 내리막에서도 항상 등을 곧게 펴고 상체를 세워야 한다. 그래야만 무게 중심이 엉덩이 아래쪽에 오기 때문에 안정적이고, 넘어지더라도 머리가 땅에 부딪치거나 몸이 공중에 떠서 구르는 위험을 막을 수 있다.

"발바닥!"

걸을 때는 발바닥 전체를 내디디며 걸어야 한다. 쉬워 보이지만 이렇게 걸으면 처음에는 뭔가 로봇 같아서 어색하다. 신발 밑창 전체가 지면에 닿아야 균형 잡기가 편하고 미끄러지거나 넘어지는 일을 방지할 수 있다.

"무릎!"

평소 걸음걸이처럼 발끝으로 지면을 차듯이 걸으면 아무래도 무릎 인대에 부하가 걸린다. 산에서는 발목 아래에 힘을 빼고 무릎으로 다리 전체를 들어 올리듯 걸어야 한다. 이렇게 하면 근육이 큰 허벅지를 사용하게 되어 발의 피로를 최소화할 수 있다.

한번은 신발에 발이 쓸려 피부가 까졌다. 평소에 신던 등산화와 등산 양말이었는데 그날따라 이상하게 그랬다.

"신발 끈이 느슨한 거 아냐?"

대장의 지적에 이해가 되었다. 산행 도중에 등산화가 다소 헐겁다고 생각했지만 대수롭지 않게 여기고 고쳐 매지 않은 게 화근이었다. 그 때문에 등산화 안에서 발이 따로 놀았던 것이다. 등산할 때는 신발 끈도 허투루 묶어서는 안 된다는 사실을 깨닫고 반성했다.

여름 산에서 일사병 증상으로 고생한 일도 있다. 등산하기 직전에는 충분히 물을 마셔도 체내로 곧바로 흡수되지 않는다. 수분은 전날 밤부터 충분히 섭취하는 게 중요하다. 요컨대 등산은 당일이 아니라 전날 밤부터 시작되는 셈이다.

한번은 사탕을 빨며 오르고 있는데 갑자기 숨이 막힌 적이 있다. 사탕은 당분과 염분을 보급해주는 필수 아이템이지만 호흡을 거칠게 하는 원인이기도 하니 주의해야 한다.

또한 등산로에서 이어폰으로 음악을 듣는 사람을 보고 좋아하는 노래를 들으면서 오르면 더 즐겁겠다고 생각했다. 하지만 이 또한 잘못이었다. 산행 시 산에서 들리는 모든 소리는 중요한 정보다. 사람의 발소리, 동물이 다가오는 소리, 멀리서 들리는 천둥소리, 바람이 윙윙거리는 소리, 낙석이 떨어지는 소리 등 이런 소리가 들리지 않으면 위험을 감지할 수 없다.

산에서는 사소한 방심도 사고로 이어지기 쉽다. 몇 번이고 말하지만(아니, 듣지만), 산악사고 중 90퍼센트는 내리막에서 일어난다.

나도 아찔한 경험을 몇 번 했다. 구로후산에서 하산할 때였다. 몸이 지치면 아무래도 발을 질질 끌면서 걷게 되는데, 기분이 산만해진 탓도 있겠지만 급경사를 내려가다 뒷발 끝이 바위에 걸리고 만 것이다. 순식간에 앞으로 고꾸라졌는데 다행히 양손이 바닥에 먼저 닿았다. 조금이라도 늦었으면 얼굴부터 넘어질 뻔했다.

한번은 바위로 이루어진 급경사를 내려가는데 발 디딜 곳이 없었다. 망설이다가 아래쪽 바위 부근을 스틱으로 지탱하며 내려가려는 순간, 스틱이 미끄러져서 크게 넘어질 뻔했다가 가까스로 위기를 모면하기도 했다.

"스틱에 체중을 실으면 안 돼!"

내 모습을 본 대장의 고함이 터져 나왔다. 잘못하면 그대로 굴러서 머리를 다쳤을 것이다.

이런 일들을 겪고 나니 산행을 할 때 매우 신중해졌다. 잡을 수 있는 건 뭐든지 잡아서 안전을 확보하고 항상 발끝을 주의했다. 추락이라고 하면 보통 몇십 미터, 몇백 미터를 굴러 떨어지는 상상을 하기 마련인데 3미터만 떨어져도 목숨을 잃는 사고를 당할 수 있다.

또한 나무도 조심해야 한다. 잎이 무성한 시즌은 그나마 나은데, 잎이 떨어진 나뭇가지는 눈에 잘 보이지 않는다. 그래서 걷다가 얼굴이나 몸에 걸려 종종 사고가 일어나기도 한다. 눈이라도 찔리면 큰 상처를 입는다. 선글라스는 햇빛을 막아줄 뿐만 아니라 이런 일에서 눈을 보호해주는 역할도 한다.

숲속을 지날 때는 앞선 사람과 어느 정도 거리를 두고 걷는 게 중요하다. 대부분은 길가에 드리운 나뭇가지가 자기에게 걸려서 뒤로 튕기지 않도록 배려하지만 그러지 않는 사람도 있다. 그런 사람 뒤를 바짝 쫓다가는 튕겨 나오는 나뭇가지에 얼굴을 맞을 수도 있다.

작년에 나를 제외한 산악회 멤버들이 오쿠호타카산에 갔을 때 소노하라 씨 뒤로 큰 나뭇가지(통나무라고 부르는 게 더 어울린다)가 떨어졌다고 한다. 만일 머리에라도 맞았다면 큰 사고로 이어질 뻔했다는데 다행이었다.

마찬가지로 낙석도 주의해야 한다. 마에카케산에 갔을 때 누군가가 "낙석!"이라고 외치는 바람에 고개를 들어보니 10미터쯤 앞에 직경 약 30센티미터인 돌이 떨어지고 있었다. 아마도 별로 멀지 않은 곳에서 떨어지기 시작했는지 비교적 속도가 느렸다. 좀 더 높은 곳에서 떨어졌다면 속도가 붙어서 시속 수십 킬로미터로 굴러왔을 테다. 돌이 공중에서 떨어질 때는 '휘익!' 하고 바람을 가르는 소리가 나기도 하고, 눈 쌓인 골짜기에서는 소리도 없이 날아오는 일도 있다고 한다. 이런 낙석에 직접 맞으면 목숨이 위험하다.

"여기서부터는 낙석이 많으니 조심해."

산행 중에 이런 말을 듣기도 하는데 도대체 어디서 낙석이 생기는지 알 길이 없다. 위를 보면서 걸으면 되나? 그렇다고 가속이 붙은 낙석을 재빨리 피할 수가 있을까? 아니면 그저 운에 맡겨야 하나?

궁금해서 어떻게 대처하면 좋을지 대장에게 물어봤다.

"일단 위험한 곳은 신속히 통과하는 게 상책이야."

떨어지는 건 돌만이 아니다. 때로는 앞서 오르던 사람이 흘린 물통이나 페트병, 스틱(아마도 손목 스트랩을 끼지 않아서), 사진을 찍다가 떨어뜨린 핸드폰이나 카메라, 어쩔 때는 쉬려고 벗어 놓은 배낭이 떨어지기도 한다. 방심은 금물이다.

3년 전쯤 아카산 산등성이를 오르고 있을 때의 일이다. 급경사에 설치된 사다리를 타고 내려오는 아저씨가 있었는데 왠지 불안해 보였다. 남 걱정할 처지는 아니지만 그분의 엉거주춤한 모습이 신경 쓰여 사다리 아래서 바라보고 있다가 대장에게 또 한 소리를 들었다.

"이런 곳에 서 있으면 안 돼. 옆으로 빠져."

무슨 일이 일어날지는 아무도 모른다. 만약 그때 그분이 추락이라도 했다면 바로 밑에 있던 나도 어찌 됐을지 모른다. 위에서 떨어지는 건 돌이나 물건만이 아니다. 대장의 주의를 듣고 서둘러 자리를 피했다.

사고를 당하면 어떻게 대처해야 할까

산행 중에는 항상 사고를 염두에 두어야 한다. 나는 산악보험도 들었다. 간단히 설명하면 조난 시 구조 비용 보험이다. 연간 4천 엔을 납입하면 3백만 엔을 보장받는다. 경찰 산악 경비대나 소방 산악 구조대 헬리콥터는 무료지만 상황에 따라서는 의지할 수 없기도 해서 보험금으로 조난 시 민간 헬리콥터 이용 경비를 충당할 수 있는 것이다.

도쿄에 거주하는 지인 부부가 겪은 이야기를 해볼까 한다. 부부가 함께 히다산맥으로 산행을 갔는데 남편이 발목을 접질렀다. 혼자 힘으로 하산하기가 불가능해서 나가노현 경찰 산악 구조대에게 구조를 요청했다. 다행히도 곧바로 헬리콥터가 날아왔지만 남편 혼자만 탈 수 있다고 해서 아내는 그 자리에 남게 되었다. 아내는 등산 경험이 많지 않았지만 어떻게든 텐트를 걷고 남편이 남긴 짐을 메고 겨우 하산했다.

이것만으로도 천신만고였을 텐데 사고 조사를 받아야 하는 바람에 도쿄에서 현지 경찰서까지 수차례 출두해야 했다. 지금은 어떤 시스템인지 모르지만 국민의 세금으로 운용되기 때문에 당연히 협조해야 한다. 다만 행정적으로 지나치게 번거로운 것도 사실이다.

산악 경비대나 구조대는 든든한 존재다. 헬리콥터 구조가 불가능한 곳에서는 직접 조난자를 업거나 들것을 이용해 하산한다. 이런 활약상은 너무나 감동적이고 늠름하다. 새삼 신세를 지지 말아야겠다고 다짐한다.

한번은 어느 산장 주인에게 헬리콥터 구조에 관한 재미있는 이야기를 들었다. 대개 헬리콥터로 구조할 때는 정지 비행으로 조난자를 끌어 올리는데, 이때 헬리콥터의 균형을 잡기 위해서 조난자의 체중을 묻는다. 당시 조난된 여성은 '50킬로그램'이라고 했지만 누가 봐도 20킬로그램은 더 나가 보여서 구조대원이 재차 물었는데도 꿋꿋하게 50킬로그램이라고 했다는 것이다. 어쩔 수 없이 헬리콥터로 끌어올리는데, 아니나 다를까 헬리콥터가 한쪽으로 휘청거렸다. 조난된 여성분의 마음은 이해가 가지만 위급한 상황에서는 부끄럽더라도 정직하게 말해야 한다.

요즘은 사고를 당하면 핸드폰으로 구조 요청을 하면 되지만 옛날에는 어떻게 했을까? 산악회 고문이자 스승인 후카다 선생님께 여쭤봤다.

"등산 중에 다쳐서 움직일 수 없으면 어떻게 대처해야 하나요?"

"예전에는 동료의 힘을 빌려서 하산하는 걸 부끄럽게 여겼어요. 무슨 일이 있어도 자신의 일은 스스로 해야 한다고 생각했죠. 단독 산행이라면 골절상을 입어도 자력으로 하산했어요."

골절상인데 혼자 힘으로 하산한다니 상상하기 힘든 일이지만 당시는 구조 헬리콥터를 띄울 수 있는 넉넉한 시절이 아니었다. 혼자서 대처하지 못하면 구조가 힘들 수도 있으니 어쩔 수 없었을 것이다.

그래서 예전에는 사회인 산악회가 민간이나 경철 산악 구조대의 역할을 대신했다고 한다. 정보가 입수되면 곧장 구조하러 떠났다. 후카다 선생님도 한 시즌에 몇 번씩 구조에 나섰다고 한다. 이들 사회인 산악회 구조대는 자신의 등반을 멈추고서라도 구조를 우선시했다. 때로는 암벽에서 로프를 이용해 시체를 수습하여 침낭 커버로 감싸서 하산하기도 했다고한다. 이게 산에서의 규칙이었다.

가끔 "등산은 어차피 자기가 좋아서 하는 거잖아. 죽든 살든 자기가 책임져야 해"라고 주장하는 분도 있다. "사고를 당했다고 경찰 헬리콥터를 부르는 건 세금 낭비야"라며 다소 극단적으로 말하기까지 한다.

반면 "나도 세금을 내고 있으니 구조대가 오는 게 당연한 거야"라고 일리 있는 주장을 하는 사람도 있다. 또 "민간 헬리콥터는 돈이 드니까 경찰 헬리콥터를 부르는 게 좋아"라며 별로 다치지도 않았는데 경찰 헬리콥터를 택시처럼 생각하는 얌체족도 있다.

대부분의 등산객들은 상식적이지만 이런 이야기를 들을 때마다 자기 책임이라는 말의 의미를 되새기며 각오를 다지게 된다.

예전에 텔레비전에서 경찰 산악 구조에 관한 다큐멘터리를 봤다. 히다산맥에서 단독 산행 중이던 여성이 다리를 다쳐 걸을 수 없다는 구조 요청을 받고 경찰 구조대가 출동하는 모습을 영상으로 담은 다큐멘터리였다.

응급처치 후 구조대는 여성을 업고 하산했다. 여성은 울먹이며 "죄송해요. 여러 번 오른 산인데…… 죄송해요"라고 연거푸 사죄했다. 그러자 여성을 업고 있던 대원이 "괜찮습니다. 안심하시고 제게 맡겨주세요"라며 상냥하게 대답했다.

이 영상을 보는 내내 가슴이 뭉클했다. 조난된 여성도 나름 평소 트레이닝을 게을리하지 않고 철저히 준비해서 산행에 나섰을 것이다. 하지만 사소한 실수도 사고로 이어진다. 마지막까지 최선을 다하고 어쩔 수 없다면 구조를 요청해야 한다. 조난된 자신을 한심해하는 여성의 마음도 헤아릴 만했다. 상처도 아프지만 마음이 무척 아팠을 것이다. 이런 등산객들에게 구조는 물론 친절하게 임하는 구조대원들에게 진심으로 머리 숙여 감사드린다.

14

산도, 사람도
다양한 얼굴을 지니고 있다

이제 구로후산은 완전히 익숙해졌지만 요즘 들어 갈 때마다 힘이 부친다. 훈련을 위한 등산이라 그런지 좀처럼 즐기지 못하는 듯하다. 일정 지점까지 목표 시간을 정해두고 늦지 않도록 집중해서 걸어야 하니 경치를 즐길 여유가 없다. 또 벌써 수십 번이나 올라서 경치가 새삼스러울 게 없다는 점도 있다. 그저 "오늘은 후지산이 잘 보이네" 정도의 감흥이 전부다.

"지금 수준이면 호타카산도 쓰루기산도 못 올라."

대장의 지적도 이해가 간다. 익숙한 산인 만큼 속도를 높여서 한계치를 끌어올려 체력을 단련해야 한다.

"가끔은 느긋하게 즐기고 싶다고!"

이렇게 구시렁거리니 기쿠치 씨가 긴토키산(金時山) 투어를 준비해줬다. 긴토키산은 높이 1,212미터다. 하코네산(箱根山)의 북서부에 있는데 정상의 경치가 뛰어나고 후지산이 바로 눈앞에 펼쳐진다. 전철로 산 앞까지 갈 수 있어서 더욱 친근하게 느껴진다. 한동안 하코네에 갈 일이 없었는데 오랜만의 나들이였다.

계획은 이랬다.

"천천히 오를 거예요. 각자가 준비한 음식을 정상에서 함께 먹고요. 전 바게트랑 그 안에 넣어서 먹을 재료를 준비할게요. 그리고 찻집에서 이것저것 사 먹어요. 돌아올 때는 온천에 들러서 뒤풀이도 하고요."

그렇다. 이런 산행이 정말 그리웠다. 설레는 마음으로 기다리고 있는데 하필이면 날씨가 말썽이었다. 인터넷으로 날씨를 확인했더니 당일 날씨는 '흐린 후 비'였다. 계획한 날이 다가오는데 예보는 여전했다. 결국 등산하기로 한 날을 이틀 앞두고 취소할 수밖에 없었다.

그제서야 생각났다. 기쿠치 씨가 비를 몰고 다니는 여자라는 것을. 본인은 인정하지 않겠지만 분명 비를 몰고 다니는 사람이 있다. 기쿠치 씨도 그런 사람이다. 확률도 제법 높은 편인데 그녀의 말에 따르면 비를 몰고 다닌 역사는 꽤 오래됐다고 한다.

"시로우마산에 처음 갔는데 비가 왔어요. 쓰바쿠로산에 갔을 때도……, 홋카이도의 리시리산에서도 비가 왔었는데 그때는 비 정도가 아니라 돌풍에 가까웠죠. 10월 중순에 오른 히우치산에서는 생각지도 못한 첫눈이 내렸어요. 후지산에 갔을 때도 비가 왔었잖아요. 아, 그러고 보니 작년 가을 시로우마오연못에서도 첫날은 비가 왔었네요."

"그래서 이제는 비가 와도 대수롭게 생각하지 않잖아요?"

그러고 보니 그녀는 아무리 날씨가 나빠도 불평불만이 없었다. 후지산에서도 나는 "이런! 날씨 한번 안 도와주네"라며 투덜거렸지만 기쿠치 씨는 "원래 산이 그래요"라며 의연한 모습을 보였다. 나도 그녀의 달관한 듯한 마음가짐을 배우고 싶었다.

우리 산악회에는 기쿠치 씨 말고 또 비를 몰고 다니는 사람이 있다. 바로 소노하라 씨다. 그도 여러 산을 비를 맞으면서 올랐다. 야쓰가산은 세 번 도전했다가 비 때문에 두 번 포기했다. 출발 전에 비 예보로 산행이 취소되는 건 어쩔 수 없지만, 분명 맑았는데 아카산광천에 도착한 밤부터 갑자기 날씨가 나빠져서 포기해야 했다고 한다. 최근에는 "소노하라 씨도 간다고? 그럼 비를 대비해야겠네"라고 농담을 할 정도다. 야쓰가산 세 번째 도전에서 드디어 3분의 2 지점까지 올랐는데도 여전히 날씨가 맑자 그가 기뻐했다. 그러자 하세 씨가 "다 내 덕분인 줄 알아요!"라고 했다.

이들과 달리 하세 씨는 비를 피해 다니는 남자다. 이상하게도 그와 함께 산행을 할 때면 중요한 순간에 비가 그치거나 정상에 오른 순간 갑자기 날씨가 맑아지곤 한다. 비가 내리는데 무지개가 뜨는 경험을 했을 정도다. 3년 전 하세 씨가 추석 보름달을 촬영했던 조넨산 종주 때도 사흘 내내 맑았다. 이런 행운은 히다산맥에서는 거의 드문 일이라고 한다. 이 정도면 비를 피해 다니는 남자라고 인정할 만하다.

비를 맞으면서 등산하기도 무척 힘들지만 한편으로 아무리 날씨가 좋아도 산에 가기 싫은 계절이 있다. 바로 나무에 새순이 돋는 초봄이다. 낮에는 햇볕이 따뜻하지만 눈이 아직 남아 있는 계절이다.

이 계절의 산은 여름 산도 겨울 산도 아닌 얼굴이다. 그래서 더 좋지 않냐는 사람도 있겠지만 이런 생각으로 산행을 나섰다가 낭패를 보기 일쑤다. 산의 높이나 지역에 따라 차이는 있겠으나 낮에 녹은 눈이 밤이 되면 얼어붙어서 길이 빙판이 된다. 자칫하면 낙상 사고로 이어지기 쉽고 눈이 얼음으로 변하면 아이젠도 잘 들지 않는다. 겨울 산은 봄 산보다 기온이 훨씬 낮지만 눈이 쌓여 있고 아이젠도 잘 들어 오히려 안전하다.

아이젠이 잘 들지 않는 상황만큼 극도로 긴장되는 순간도 없다. 나도 몇 차례 경험해봤는데 아무 생각 없이 오르막 빙판길에 올랐다가 오도 가도 못하는 지경에 빠지기도 한다. 당최 움직일 수가 없다. 한 발짝만 움직이면 바로 넘어지리라는 걸 스스로도 알 수 있다. 단지 넘어지는 데 그치면 다행이지만 경사진 길에서 미끄러지면 추락할 위험도 있다. 머릿속으로 그려질 정도로 아찔하기 때문에 항상 도끼눈을 뜨고 길을 확인하며 걷는다.

어쩔 수 없이 경사진 빙판길을 건너야 한다면 아이젠 앞쪽 발톱이나 피켈로 얼음을 부숴서 먼저 자리를 확보해야 하는데, 한 발 옮길 때마다 이런 작업을 해야 해서 러셀과 마찬가지로 매우 힘들다. 피켈을 활용하면 팔 근육이 쉽게 피로해지는데 나 정도 체력이면 곧바로 지쳐서 나가떨어진다.

이런 계절이었지만 우리 산악회는 야쓰가산 남쪽 연봉에

오르기로 했다. 필요한 장비는 겨울 산을 오를 때와 똑같았고 상급자 레벨이어서 나는 빠지기로 했다. 참가자는 하세 씨, 슈즈맨 스즈키 씨, 소노하라 씨 그리고 대장이다.

비를 피해 다니는 하세 씨 덕분에 이틀간 쾌청했다고 하는데 등산 자체는 예상대로 매우 힘들었다고 한다. 산행을 마치고 돌아온 일행은 얼마나 힘들고 위험했는지 무용담을 늘어놓았다. 그런데 이야기하는 얼굴을 보면 다들 만면에 미소를 머금고 있었다. 두려움도 고생도 무사히 하산하고 나면 모두 즐거움으로 바뀐다. 그들이 말하는 두려움, 고생, 즐거움은 모두 동의어임을 새삼 깨달았다.

그럼 잔설이 있어도 기온이 영하로 떨어지지 않으면 산행이 한결 수월할까? 꼭 그렇지도 않다. 녹기 시작한 눈이 아이젠 발톱 사이에 끼어 덕지덕지 붙기 때문에 걷기 불편하다. 피켈로 틈틈이 제거해줘야 하는데 그러지 않으면 아이젠이 무용지물이 된다. 또 응달에는 눈이 남아 있지만 양달에는 눈이 없기 때문에 아이젠이 거추장스럽기도 하다. 그렇다고 아이젠을 아예 벗고 다닐 수도 없어서 귀찮아도 신고 벗기를 반복해야 한다.

코스에 따라서는 녹은 눈과 진흙이 한데 섞여 진창이 된 곳도 있어서 신발도 바지도 진흙 범벅으로 만들기도 한다. 등산을 다녀와서 옷을 세탁하고 장비를 정비할 일을 생각하면 봄에는 아무래도 산행이 꺼려진다.

이렇게 생각하면 등산은 역시 여름이 최고다. 무거운 아이젠이나 피켈도 필요하지 않고 배낭에 방한용품을 넣을 필요도 없어 어깨도 기분도 경쾌하다.

그렇지만 등산은 배낭이 가볍다고 만사 해결되는 것도 아니다. 야쓰가산에서 돌아오는 길에 미노토에서 등에 떼와 마주친 일은 지금 생각해도 끔찍하다. 이전에도 산에서 등에 떼를 종종 만났는데 그때와는 차원이 달랐다. 수백, 아니 수천 마리가 떼를 지어 다니며 등산객에게 엉켜 붙었다. 습격이라는 표현이 더 어울릴지도 모르겠다. 모두 필사적으로 벌레를 쫓았지만 소용이 없었다. 차 안으로 피해도 몇 마리가 달라붙어서 퇴치하느라 고생했다. 나는 긴팔 셔츠와 긴바지, 장갑까지 끼고 있었지만 두 군데나 쏘였다. 가렵기도 했고 꽤나 부어올랐다.

산에서는 벌레들의 공격에 항상 주의해야 한다. 나는 진드기는 겪어보지 못했지만 수풀을 헤치고 나갈 때 몸에 달라붙기 쉽다고 한다. 그래서 특히 수풀을 지날 때는 피부를 드러내서는 안 되며 수풀 지대를 벗어나면 상의를 벗어 확실히 털어

내는 게 중요하다. 바지는 벗지 않더라도 혹시 붙어 있을지 모르니 잘 살펴봐야 한다.

진드기는 일상생활에서도 조심해야 한다. 개를 키울 때는 산책을 마치면 진드기가 옮지 않았는지 반드시 확인해야 했다. 진드기는 먼저 개털에 달라붙은 후 서서히 부드러운 피부로 접근한다. 한번은 잠시 한눈을 팔았더니 진드기가 개의 눈 주위에 달라붙어 크게 부풀어 올랐다. 몸의 길이가 2~3밀리미터에 불과하지만 피를 빨면 다섯 배나 커진다. 털어내려고 해도 쉽지 않다. 진드기를 제거하는 도구로 뜯어내도 흉터는 좀처럼 지워지지 않는다.

진드기는 병원균을 갖고 있어서 사람에게도 심각한 피해를 주는 해충이다. 억지로 뜯어내면 진드기 이빨이 남는데 이때는 상처가 생길 뿐만 아니라 체액이 몸으로 침투되므로 머리 부분이 떨어지지 않도록 신경 써서 제거해야 한다. 식초나 벙커유를 면봉에 묻혀 툭툭 건드리면 제거하기 쉽다고 한다.

산거머리도 주의해야 한다. 이름을 듣기만 해도 속이 메스꺼워진다. 산거머리는 낙엽 아래나 나무 위에 서식하면서 동물이나 사람에게 달라붙어 피를 빤다. 통증도 없고 독도 없다지만 그런 징그러운 놈에게 절대로 피를 빨리고 싶지 않다.

산거머리는 소금으로 퇴치할 수 있다고 하니 스패츠에 소금물을 발라두면 발을 타고 올라오는 일은 없을 것이다. 위에서 떨어지는 산거머리는 모자가 막아줄 수 있다. 비슷하게 생긴 달팽이도 같은 방법으로 퇴치하면 된다.

나는 등산을 시작한 지 일곱 해가 지났지만 아직 한 번도 진드기나 산거머리를 보지 못했다. 그만큼 흔하지는 않은 듯하지만 방지책과 대처법은 알고 있어야 한다.

산에는 벌레도 많고 크고 작은 동물도 있고 만지면 염증을 일으키는 식물도 있다. 무섭고 기분 나쁘고 심지어 아플 수도 있다. 자연에 발을 들여놓는다는 건 이런 일일 것이다.

15

다베이 준코의
존
재

정신을 차려보니 앞으로 소설을 어떤 식으로 써야 할지 방향을 잃었다. 글의 세계에 발을 들여놓은 후 정신없이 달려왔다. 다행히도 지금까지 글을 계속 쓰고 있지만 앞으로 어떻게 무엇을 써야 할지 모르겠다. 이 세계에는 연공서열이 없다. 그저 글로 말할 뿐이다.

한때는 로맨스 소설가로 불렸지만 나이가 들면서 글을 쓰기가 힘들어졌다. 싫은 게 아니다. 로맨스는 나이와 상관없다.

인간은 나이를 먹어도 누군가의 사랑을 받고 누군가를 사랑한다. 로맨스는 소설의 영원한 테마다.

다만 아무리 새롭게 스토리를 구상해봐도 전에 쓴 작품과 비슷하거나 어디선가 본 듯한 기분이 든다. 젊은 작가의 작품을 접할 때마다 신선한 표현력과 참신한 아이디어에 압도되어 나는 이제 한물갔다는 생각마저 든다.

글 쓰는 속도도 현저하게 줄었다. 젊었을 때는 한 달에 두세 개씩 연재하면서 수필이나 칼럼도 썼다. 넘치는 일 속에서 삶의 충만감을 느끼던 시절도 있었다. 하지만 조금씩 피로가 쌓이더니 더 이상 의욕만으로는 글을 쓸 수 없음을 받아들여야 했다.

물론 모든 작가가 나와 같지는 않다. 내가 아는 동년배 여성 작가 중에는 "난 말이야. 쓰고 싶은 게 너무 많아서 죽을 때까지 써도 다 못 쓰지 싶어"라며 정력적으로 작품 활동을 이어가는 사람도 있다. 나로서는 정말 부러운 일이다. 하지만 내게는 쉽지 않다. 앞으로는 동시에 여러 작품을 쓰는 일은 없을 듯하다. 지금의 나에게는 한 작품에 몰두하는 것이 중요하다.

이런 생각을 하던 차에 지방신문사에서 연재 의뢰가 들어왔다. 신문 연재는 실로 오랜만이었다. 어떤 소재로 쓰면 좋을지 머리를 굴렸다.

나는 매체 성향에 따라 이야기를 달리한다. 소설 전문 잡지라면 몰라도, 예를 들어 연재할 곳의 주요 독자가 사십 대 여성이라면 그 나이대의 사람을 주인공으로 한다. 남성 독자가 많은 곳이라면 남성들이 흥미를 가질 만한 소재로 쓴다. 신문에 연재할 때는 남녀노소 폭넓게 공감할 수 있는 이야기를 구상한다. 그래서 이번 의뢰도 공감의 폭을 넓힐 수 있는 소재를 중심으로 구상하기로 했다.

고민 끝에 한 여성의 인생을 좇아보는 건 어떨까 하는 생각에 이르렀다. 실은 예전부터 줄곧 구상했는데 누구를 대상으로 할지 정하기 힘들어서 좀처럼 실행할 엄두를 내지 못했다.

그러다가 문득 다베이 준코 씨가 떠올랐다. 다베이 씨는 1975년에 여성 산악인 최초로 에베레스트 등반을 이루어냈다. 남성들의 세계였던 산악계에서 큰 공적을 남겼을 뿐만 아니라 등반팀이 여성으로만 이루어졌다는 점도 놀라웠다. 여성 최초 7대륙 최고봉 등정을 포함해서 첫 등정, 첫 등반의 기록을 무수히 남겼고 국내외 훈장, 영예상, 공로상 등 수상 경력도 헤아릴 수 없을 정도다. 등산 활동뿐만 아니라 제2의 고향인 네팔에 쓰레기 소각로 건설이나 사과나무 심기를 비롯한 세계 산악 환경 보호 운동에도 깊이 관여했다. 동일본대지진 피해를 입은 도호쿠 지방의 고등학생들과는 '일본 최고의 산 후지산 등반' 이벤트를 진행했다. 물론 현역 등산가로서 세계 유수의 산에도 꾸준히 오르고 있었다.

다베이 씨의 반평생을 글로 남긴다면 얼마나 근사할까? 이런 분에게 소설의 모델이 되어달라는 부탁은 실례가 아닐까? 고민 끝에 그녀의 이야기를 소설로 써야겠다는 생각이 들었다. 한편으로는 소설은 허구가 섞이기 마련인데 누군가가 자신의 인생을 뜯어고쳐서 각색한다면 유쾌하지 않을지도 모르겠다는 생각이 들었다.

이런 고민을 대장에게 상담했더니 "그런 일이라면 후카다 선생님께 상의해보면 어때?"라고 했다. 후카다 선생님은 그의 이야기가 책에 쓰인 바가 있다. 논픽션이지만 자기 이야기가 책에 등장하는 게 어떤 기분일지 들어볼 수 있겠다 싶었다.

"사람마다 생각이 다르잖아요. 아무래도 본인에게 물어보는 게 좋겠어요."

후카다 선생님은 다베이 씨와 친분이 있다. 다베이 씨가 에베레스트를 등정할 때도 네팔에서 만났다고 한다. 다베이 씨 남편분과도 오랫동안 알고 지내는 사이인데 남편분도 다베이 씨 못지않게 산악 경험이 화려하다. 무려 다니가와산에 그의 이름을 딴 코스가 있을 정도다.

그렇게 후카다 선생님의 소개로 그녀와 만났다. 처음 만났을 때는 생각보다 왜소해서 굉장히 놀랐다. 이런 작은 몸으로 세계 최고인 에베레스트를 올랐다니 좀처럼 믿기지 않았다. 게다가 웬만한 남자 못지않게 터프할 줄 알았는데 수줍은 얼굴로 친근하게 대해줬다. 세계기록을 가진 등산가라기보다는 고향집 할머니 같은 느낌이었다. 그렇지만 내 부탁을 어떻게 생각하실지 몰라 긴장하지 않을 수 없었다.

"저……, 다베이 씨를 모델로 소설을 쓰고 싶어요."

머뭇거리며 이야기를 꺼내자 다베이 씨는 당황한 듯한 기색을 보이며 잠시 눈을 동그랗게 떴다. 거절해도 어쩔 수 없다고 각오하고 있었고 이제 막 등산에 입문한 내가 이런 부탁을 하는 게 아무래도 무례일 수 있다는 생각도 했다.

이렇게 절반은 포기하고 있었는데 어느 날 "제가 어떻게 그려질지 무척 궁금하네요"라며 그녀에게 연락이 왔다. 너무나 기뻤다. 다베이 준코 씨의 삶을 그린 소설 『준코의 정상(惇子のてっぺん)』을 그렇게 해서 쓸 수 있었다.

요즘은 에베레스트에 연간 수백 명이나 오른다고 한다. 여행사 투어가 있어서 전문 가이드나 수속 등의 준비를 모두 쉽게 할 수 있다. 물론 8,848미터는 아무나 오를 수 있는 곳이 아니다. 고산병과 사투를 벌여야 하고 당연히 등반 기술도 필요하다. 하지만 다베이 씨 때와 비교하면 에베레스트 정상이 눈에 띄게 가까워졌다.

43년 전, 다베이 씨 일행이 올랐을 때는 한 시즌에 한 팀밖에 입산이 허용되지 않았다. 몇 년에 걸쳐서 계획을 짜고 등산 허가가 떨어지기를 다시 몇 년 동안 기다려야 했다. 허가가 나면 멤버를 소집해 원정하기 위한 수속을 밟고 장비나 음식을 준비하여 한참을 걸어야 정상에 설 수 있었다.

장비도 요즘 것과는 비교가 되지 않았다. 가볍고 작고 기능성도 뛰어난 요즘 장비보다 무겁고 컸다. 게다가 사용하기에 불편하고 신뢰도도 떨어졌다. 산소통 하나만 해도 지금 사용하는 것보다 두 배나 무거워서 한 통에 7.5킬로그램이나 했다. 그런 걸 두 개씩이나 배낭에 넣은 채 올라야 했는데, 다베이 씨 시대에는 당연한 일이었다.

한번은 다베이 씨에게 지금의 에베레스트를 어떻게 생각하는지 물어봤다.

"정상의 멋진 풍경을 많은 사람이 경험할 수 있는 건 좋은 일이에요"라고 말씀하시더니 "하지만 예전에 오를 수 있어서 행운이라고 생각해요. 아무것도 없어서 우리가 모든 걸 해결해야 했죠. 그런 데서 오는 충만감과 보람은 그 시대에서만 맛

볼 수 있는 거죠. 이제는 하고 싶어도 할 수 없는 산행이니까요"라고 덧붙이셨다.

정상에 서는 일이 산을 오르는 가장 큰 목표임은 틀림없다. 하지만 다베이 씨의 이야기를 들으니 그게 전부는 아니라는 생각이 들었다. 정상에 도달하기까지의 수많은 과정도 기쁨이며 의미 있는 일이다.

다베이 씨와는 그 후에도 몇 번 뵐 기회가 있었다. 남편분과 함께 만나기도 했고 가족들과 함께 보기도 했다. 2016년 7월에는 강연을 하러 가루이자와로 오셨는데 그때 함께한 저녁 식사는 귀중한 추억이다. 병마와 싸우느라 다소 살이 빠진 모습이었지만 온화한 미소는 언제나처럼 변함없었다.

본격적인 에베레스트 등반을 위해 산을 오르는 장면을 쓰다가 궁금한 것이 생겼다. 당시 화제가 됐던 대장의 돌연 귀국 사건에 대해서였다. 뉴스로도 크게 다뤄져 신문과 각종 언론에도 기사가 실렸던 일이다. 이유를 알아보려고 소설 연재 담당자의 도움을 얻어 여러 자료를 모았지만 '개인적인 사유' 이외에는 다른 이유를 찾지 못했다. 그렇다고 이런 중대한 사건을 대충 넘길 수도 없었다.

다베이 씨가 가루이자와에 오셨을 때 이야기를 꺼냈는데 난처했는지 표정이 다소 어두워졌다.

"미안해요. 그건 말할 수 없어요. 무덤까지 가져가겠다고 대장과 약속했거든요."

다소 낙담했지만 40년이나 지난 지금까지도 약속을 지키려는 모습에 또 한 번 반했다.

"그럼, 그 부분은 허구로 써도 될까요?"

"소설이잖아요. 괜찮아요."

그 후 그녀의 희수(喜壽) 축하 자리에서는 덕담과 함께 노래까지 불러주셨다. 잔잔하지만 힘이 느껴지는 목소리가 지금도 귓전에 맴돈다. 그리고 한 달 하고 보름이 지나서, 다베이 씨는 일흔일곱의 나이로 유명을 달리하셨다. 마지막까지 웃는 얼굴로 주위를 배려하시고 강직한 모습을 보이셨다.

지금은 에베레스트보다 더 높은 곳에 계실 다베이 씨.

그곳에서도 행복하시길 진심으로 기원합니다.

16 에베레스트에

가
다

에베레스트를 직접 눈으로 보고 싶어졌다.

다베이 준코 씨에게 소설 집필 허락을 받고 난 후부터 줄곧 에베레스트가 머릿속을 떠나지 않았다. 30년 이상 소설을 써 왔지만 실존 인물을 그리기는 처음이었다. 무엇보다 산악 소설이니만큼 그 정도의 경험은 해봐야겠다고 생각했다.

하지만 당시에는 머릿속으로만 그려볼 뿐 무모하다는 생각이 더 컸다. 멤버들이 비웃을 게 뻔했다. 그래도 일단 말이라도 해보자는 심산이었다.

"나 말이야…… 에베레스트를 볼 수 있는 곳까지만이라도 좋으니 꼭 한번 가보고 싶어."

대장은 히말라야의 높이 6,000미터 지점까지 오른 경험이 있다. 콧방귀를 뀔 거라고 생각했는데 "어디까지 가보고 싶은데?"라며 진지하게 응했다.

신기한 일이었다. 그저 꿈 같은 바람에 지나지 않았는데 이렇게 되물으니 갑자기 현실이 된 듯했다.

"가능하면 5,364미터에 있는 베이스캠프를 목표로 하고 싶어."

"베이스캠프라……."

대장은 이렇게 말하고 조금 생각하더니 말을 이었다.

"거기서는 에베레스트가 안 보여. 5,545미터에 있는 칼라 파타르까지 트레킹해서 오르면 볼 수 있을 거야. 갈래?"

"가능할까?"

"노력하면 가능하지."

"그럼 갈래!"

이렇게 결정됐다. 참가자는 산악회 고문인 후카다 선생님, 기쿠치 씨, 대장 그리고 나 이렇게 네 사람으로 구성되는 듯했다. 그런데 여기에 슈즈맨 스즈키 씨가 손을 들었다. "평생 두 번 없을 기회니 저도 가겠습니다!"라는 것이었다.

모두가 말렸다. 그는 회사에서 어느 정도 책임이 있는 위치에 있었고 18일이나 회사를 비우는 건 무모해 보였다. 그래서 돌아오면 자리가 없어질지도 모른다, 가족들도 반대할 게 뻔하다며 설득했다. 하지만 슈즈맨 스즈키 씨의 의지는 확고했다. 한 달 동안 회사와 의논하고 가족과 협의해서 결국은 참가하기로 결정했다. 이로써 총 다섯 명의 멤버가 꾸려졌다. 일정은 몬순이 끝나는 9월 말부터 18일간으로 정했다.

그런데 출발을 5개월 앞둔 4월 25일(2015년), 네팔에서 대규모 지진이 일어나 건물이 붕괴되고 눈사태와 산사태 등으로 막대한 피해가 발생했다.

이 소식을 접하고 단념할 수밖에 없다고 생각했다. 사태가 심각한데 팔자 좋게 트레킹이나 하고 다닐 수 없었다. 그런데 이번 투어에 동행해줄 여성 가이드 I 씨가 "상황이 안 좋지만 취소하지 마시고 꼭 와달라는 네팔 측의 연락을 받았어요"라는 것이다. 네팔은 관광의 나라이기도 하다. 이번 지진으로 많은 투어가 취소되면 경제적인 타격도 크다는 것이었다. 동일본대지진 때를 생각하니 무슨 말인지 이해가 됐다.

멤버들과 이야기를 나눈 결과, 가기로 결정이 났다. 지진의 영향으로 트레킹 도중에 돌아와야 할지도 모르지만 피해를 입은 사람들을 생각하니 더욱 발길이 향했다. 그리고 히말라야를 경험할 수 있는 것만으로도 큰 수확이라고 생각했다.

가기로 결정이 나자 곧바로 트레이닝 명령이 떨어졌다. 일주일에 한 번은 반드시 아사마산에 오를 것. 매일 20분은 근력 운동을 두 세트 할 것. 기술도 지식도 부족한 내가 할 수 있는 일은 체력을 키우는 것밖에 없었다. 대장이 시키는 대로 아사마산을 오르고 복근 단련과 팔굽혀펴기에 매진했다.

산악 전문의가 있는 병원에서 건강검진도 받았다. 문제가 없다고 해서 안심했지만, 멤버들 중에서 내가 폐활량이 가장 부족했다. 그날 밤부터 풍선 불기 20회라는 다소 멋쩍은 트레이닝이 추가되었다.

도쿄에 사는 멤버인 기쿠치 씨는 피트니스센터에 다녔고, 슈즈맨 스즈키 씨는 배낭에 10킬로그램이 넘는 짐을 넣고 걷는 트레이닝을 시작했다. 두 사람은 저산소실에 들어가 고지대 체험도 했다. 여름에는 높은 고도에 적응하기 위해 전원이 후지산에 오르는 등 다들 나름대로 최선을 다했다.

출발 2개월 전에는 투어회사로부터 장비 목록을 받았다. 점점 날이 다가온다는 생각에 심장이 뛰었다. 장비는 기본적으로 여름용과 겨울용 모두 필요했다. 기본 장비만 해도 무거운데 12일간 제대로 씻지 못하고 세탁할 여유도 없을 듯해서 갈아입을 옷도 필요했다. 배낭 이외에 100리터짜리 더플백도 준비했다.

점점 기분이 고조되었다. 곧 에베레스트를 내 눈으로 볼 수 있다는 설렘을 다스리며 착실히 준비해나갔다.

드디어 출발하는 날이 밝았다. 밤 비행기였는데 마침 슈퍼 문이어서 창밖으로 커다란 달을 볼 수 있었다. 하네다 공항에서 네팔의 수도 카트만두까지는 방콕을 경유해서 약 열세 시간이 걸렸다. 긴 여정이었지만 설레서 조금도 지루하지 않았다.

카트만두에 도착해서 향신료가 내뿜는 이국의 정취를 느끼며 마중 나온 버스를 타고 호텔로 향했다. 지진으로 무너진 건물이나 사원이 눈에 들어왔다. 여행자의 시선이겠지만 지진 피해를 입었어도 거리의 사람들은 에너지가 넘쳐 보였다.

그날 저녁에는 즐거운 모임이 기다리고 있었다. 아피(Api) 남서벽(높이 7,132미터)에 도전하는 등산가 겸 산악 카메라맨인 히라이데 가즈야 씨, 나카지마 겐로 씨, 미토로 다쿠야 씨와 저녁 식사를 함께하기로 한 것이다. 이들의 업적은 실로 대단하다. 세계에서 명성 높은 상을 받았고, NHK를 비롯한 등산 관련 방송에서 스태프로도 활동하고 있다. 어떤 이야기를 해 줄지 흥미진진했다.

그런데 약속 시간이 다가올수록 대장의 몸 상태가 나빠졌다. 기침이 멈추지 않고 열도 있었다.

"미안한데, 나는 호텔에 남을게."

대장에게 이런 말을 들어본 것이 언제더라? 지금까지 어느 산에서도 컨디션을 망쳐본 일이 없는 사람인데 도대체 뭐가 문제였을까?

어쩔 수 없이 약속을 취소했다. 대장은 그대로 침대 안으로 들어갔다. 하지만 기침이 멈출 기미가 보이지 않았고 열도 떨어지지 않았다. 다음 날 아침은 트레킹이 시작되는 루클라로 이동해야 하는데 슬슬 걱정되기 시작했다.

이런저런 생각을 하던 차에 다른 멤버들이 저녁 식사를 마치고 돌아왔다. 아주 즐거웠던 모양인지 얼굴 가득 미소를 띠고 있었다. 가이드인 I 씨가 기침을 멈추는 약을 가져다주었다. 대장은 평소 약을 멀리해서 "자고 나면 괜찮을 거야"라고 했지만 I 씨가 강하게 밀어붙이는 바람에 못 이기는 척 먹었다.

그런데 효과가 바로 나타났다. 평소 약을 잘 먹지 않아서 그런지 다음 날이 되자 컨디션을 완전히 회복한 것이다. 나중에 들었는데 회복하지 못했다면 멤버들에게 짐이 되니 혼자서 귀국할 작정이었다고 한다.

어쨌든 전원이 트레킹을 함께 시작할 수 있어서 안심했다.

출발지인 루클라는 높이 2,840미터다. 다음 날 아침 일찍 소형 비행기로 이동하면서 내려다보니 창밖으로 거대한 히말라야산맥이 끝없이 펼쳐져 있었다. 지구상에서 높이 7,000미터가 넘는 산이 있는 지역은 여기뿐이다. 그야말로 신의 작품이 아니고 무엇이겠는가?

"저게 에베레스트예요."

가이드인 I 씨가 손가락으로 가리키는 방향으로 눈을 돌렸다.

"저게……?"

솔직히 말하면 실감이 나지 않았다. 눈앞에 펼쳐진 모든 산이 가파르고 험준해 보여 압도당했지만 모두 똑같은 산으로만 보였다. 줄곧 에베레스트는 특별한 산이라고 생각했는데 여기 와서 보니 꼭 그렇지도 않았다.

루클라 공항은 세계에서 가장 위험하기로 정평이 나 있는데 실제로도 그랬다. 벼랑 위에 있는 데다가 활주로가 460미

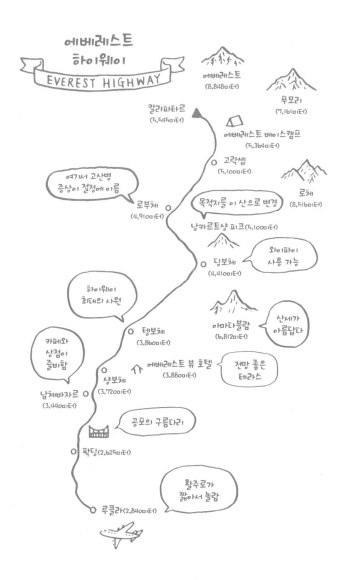

에베레스트
하이웨이
EVEREST HIGHWAY

에베레스트
(8,848미터)

푸모리
(7,161미터)

칼라파타르
(5,545미터)

에베레스트 베이스캠프
(5,364미터)

고락셉
(5,100미터)

여기서 고산병
증상이 절정에 이름

로체
(8,516미터)

로부체
(4,910미터)

목적지를 이 산으로 변경

낭카르트샹 피크 (5,100미터)

와이파이
사용 가능

딩보체
(4,410미터)

하이웨이
최대의 사원

아마다블람
(6,812미터)

산세가
아름답다

카페와
상점이
즐비함

텡보체
(3,860미터)

에베레스트 뷰 호텔
(3,880미터)

전망 좋은
테라스

샹보체
(3,720미터)

남체바자르
(3,440미터)

공포의 구름다리

팍딩(2,625미터)

활주로가
짧아서 놀람

루클라(2,840미터)

터밖에 되지 않는다. 착륙할 때는 마치 벼랑을 향해 돌진하는 듯해서 온몸이 굳을 정도로 긴장됐다. 조종사는 익숙한 듯 짧은 활주로 위에 비행기를 올려놓더니 급커브로 돌아서 주기장으로 들어갔다.

눈앞에는 누플라(Nupla, 높이 5,885미터)가 우뚝 솟아 있었다. 박력 넘치는 모습에 감탄했지만 저렇게 높은 산을 이렇게 가까운 곳에서 보는 건 처음이라 도무지 실감이 나지 않았다. 마치 거대한 사진을 보는 듯한 착각에 빠졌다.

루클라에서 우리는 셰르파(sherpa, 티베트어로 '동쪽 사람'이라는 뜻으로, 히말라야 등반 안내자를 말함)와 합류했다. 셰르파 대장의 이름은 '사타'이고, 우리를 안내해줄 셰르파는 '온쥬'라는 이름의 젊고 잘생긴 청년이었다. 일본어도 할 줄 알아서 편했다. 에베레스트 정상을 몇 번이나 오른 경험도 있어 원래는 정상을 목표로 하는 산악대를 주로 담당했는데 지진 탓에 정상 원정대 수가 급격히 줄어서 우리와 동행하기로 했다고 한다. 그래서 그런지 더욱 든든했다. 그리고 보조 셰르파 두 사람이 더 따랐다. 그들도 아들뻘 나이로 유쾌한 청년들이었다. 거기에다가 매일 삼시 세끼를 준비해줄 요리사와 요리 보조, 짐꾼까지 포함해서 일행은 총 아홉 명이 되었다. 마지막으로 큰 짐을 운반할 좁키오 여섯 마리도 동행했다. 이렇게 해서 우리와 앞으로 약 12일간 함께할 멤버가 꾸려졌다.

이날 우리는 다음 숙박지인 팍딩(Phakding, 높이 2,625미터)으로 향했다. 산길을 오르고 내리는 동안 길이 좁아지거나 넓어졌다. 다행히 나무들로 둘러싸인 길이라 느긋하게 걸을 수 있었다. 가끔 붕괴된 경사면이나 가옥을 보수하는 모습도 보였다. 이번 지진으로 무너진 건지는 알 수 없었지만, 만약 그렇다면 재해 복구가 순조롭게 이루어지고 있는 듯했다.

가는 길에 다베이 씨가 30여 년 전에 만든 쓰레기 소각장과 사과밭에 들렀다. 쓰레기 문제는 에베레스트에서도 큰 골칫거리였다. 루클라에서부터는 이동 수단이 인력뿐이어서 쓰레기도 사람이 직접 운반해야 했다. 우리도 쓰레기를 만들지 않도록 주의했다.

네팔어로 '우유 강'이라는 뜻인 두드코시강(Dudh Kosi)을 따라 걸으며 첫날 밤을 묵을 팍딩에 도착했다. 소요 시간은 약 세 시간. 여기는 높이가 루클라보다 200미터 정도 낮았다.

오두막집에 들어가 방에 배낭을 내려놓자 요리 보조가 곧장 달콤한 티와 쿠키, 세숫대야에 담은 뜨거운 물을 가져다주었다. 목욕은 물론이고 샴푸도 사용할 수 없으니 뜨거운 물에 수건을 적셔서 얼굴과 몸, 머리를 닦았다. 공기가 건조해서인지 땀으로 끈적이지 않아서 이렇게만 해도 개운했다.

이날부터 혈중 산소 농도를 측정하기 시작했는데 하루 세 번씩 확인하기로 했다. 기본적으로 90 이상이면 괜찮은 상태인데 이날은 전원 무사히 통과했다.

이날 밤, 저녁밥을 먹고 있는데 무라구치 노리유키 씨가 찾아왔다. 무라구치 씨는 에베레스트를 일곱 번 등반한 관록의 등산가이자 산악 카메라맨이다. 경력이 너무나 훌륭해서 다 열거하자면 끝도 없으니 여기서는 생략하겠으나, 이름을 대면 알 만한 사람들이 무라구치 씨의 도움으로 에베레스트에 올랐다. 이런 분을 직접 만나서 그런지 다들 긴장한 모습이 역력했다.

멤버 중에서 무라구치 씨와 반갑게 웃으며 인사를 나눈 사람은 후카다 선생님뿐이었다. 후카다 선생님은 여기서도 전설의 산악인으로 통했다. 우리 일행에게 후카다 선생님이 정말로 스승과 같은 존재임을 다시금 실감했다.

바로 옆에서 요란하게 흐르는 강물 소리가 무서웠지만 이날 밤은 기분 좋게 잘 수 있었다.

다음 날 아침에도 요리 보조가 달콤한 티와 쿠키, 뜨거운 물을 받은 세숫대야를 가져다주었다. 차와 쿠키를 먹고 얼굴을 씻었다. 이게 하루의 시작이었다. 아침 식사를 마치고 나면 필요한 짐만 배낭에 넣고 나머지는 더플백에 넣어서 좁키오에게 맡겼다.

이날은 남체바자르(Namche Bazar, 높이 3,440미터)까지 약 800미터 높이를 일곱 시간에 걸쳐서 오를 예정이었다. 높이에 비해 시간이 오래 걸린다는 것은 그만큼 오르막과 내리막이 반복된다는 의미다. 다소 걱정됐지만 셰르파들이 천천히 이끌어줘서 숨 가쁘지 않게 편안히 이동했다.

다만 가는 길에 만난 구름다리는 무서웠다. 몇 개나 건너야 했는데 그중에서도 두드코시 분기점에 있는 구름다리를 봤을 때는 말문이 막혔다. 엄청나게 높았고, 어마어마하게 길었다.

'저길 건너야 한다고?'

높이가 100미터는 됨 직했다. 길이는 200미터 정도. 다리가 후들거린다는 표현이 충분하지 않을 정도로 건너기 전부터 정신이 혼미해졌다. 그나마 다행인 건 철판으로 만든 발판이 두꺼운 와이어로 고정되어 있었고 양옆을 그물망으로 막아놔서 안전해 보이기는 했다는 점이다. 하지만 높이 때문인지 바람이 강해서 다리가 좌우로 심하게 흔들렸다.

다리가 좀처럼 움직이지 않아 우두커니 서 있으니 셰르파 중 온쥬가 말했다.

"건널 거면 지금이에요. 건너편에서 좁키오가 오면 더 건너기 힘들어요."

들고 보니 그랬다.

"노래를 부르면 덜 무서울 거예요. 밑은 절대 보지 말고 앞
만 보고 건너면 돼요."

여기까지 와서 되돌아갈 수는 없었다. 각오를 다지고 한 걸
음 한 걸음 발길을 옮겼다. 밑을 보지 말랬지만 나도 모르게
눈길이 가고 말아서 어쩔 수 없이 셰르파가 일러준 대로 애창
곡을 부르면서 필사적으로 건넜다. 에베레스트의 모든 게 멋
지고 좋았지만 지금 다시 생각해봐도 솔직히 그 다리만은 두
번 다시 건너고 싶지 않다.

저녁 무렵이 돼서 남체바자르에 도착했다. 크고 활기찼으
며 아름다운 마을이었다. 우리가 머물 곳은 '사쿠라(SAKURA)'
라는 이름의 오두막집으로 일본인들이 주로 이용하는 숙소였
다. 주인도 일본에 호의적이고 일본어도 조금 할 수 있어서 우
리를 유쾌하게 맞아줬다.

여기서는 고도에 적응하기 위해 2박을 하기로 했다. 주위
는 2,000미터급 산들로 둘러싸여 있었다. 셰르파에게 "저 산
은 무슨 산이에요?"라고 묻자 돌아오는 답변이 "글쎄요"였다.
이 정도 높이의 산은 흔해서 이름이 없는 걸까? 아니면 있는
데 아무도 기억하지 못하는 걸까?

마을에는 기념품 가게가 즐비했다. 카페나 펍도 있고 마사지 가게와 미용실까지 있었다. 마침 시장이 열려 식료품이나 생필품을 팔고 있었다.

다음 날에는 전망대에 올랐다. 쾌청한 날씨 속에서 처음으로 에베레스트를 봤다. 저 멀리에 새하얀 정상이 살짝 보일 뿐이었는데 멤버들 입에서는 "와!" 하고 탄성이 새어 나왔다. 조그마한 일부를 볼 수 있다는 것만으로도 행복하고 기분이 좋았다. 박물관에도 들러 옛날 셰르파 거주지나 등산가의 자료 등을 견학한 다음(다베이 씨의 사진도 걸려 있었다) 오두막집으로 돌아왔다.

이날도 혈중 산소 농도 검사는 무사히 통과했다. 다들 건강해서 안도했다.

다음 날에는 여덟 시에 남체바자르를 나와서 쿰중(Khumjung, 높이 3,780미터) 마을을 지나 샹보체(Shyangboche, 높이 3,720미터) 언덕의 에베레스트 뷰 호텔로 향했다.

실은 이번 산행의 즐거움 중에는 이 호텔도 포함되어 있었다. 후지산보다 높은 3,880미터에 위치한 이 호텔을 설계한 건축가는 미야하라 다카시라는 일본인이다. 1971년에 건립했는데 건설 당시 상상할 수조차 없을 만큼 고생을 많이 했다고 한다. 누가 봐도 굉장한 호텔임이 틀림없다. 위치도 그렇지만 건축 자재를 모두 사람의 힘으로 운반했다고 하니 여기서 말하는 '굉장하다'는 호텔 시설과 무관한 게 아니구나 싶었다.

하지만 이것은 나만의 착각이었다. 호텔은 기적의 호텔이라는 이름에 걸맞게 중후한 석조로 이루어져 로비를 비롯해서 복도나 테라스에도 공들인 흔적을 볼 수 있었다. 솔직히 말해서 깜짝 놀랐다. 이 호텔에 머물기 위해서 네팔을 찾는다는 사람도 있다고 하는데 일리가 있다고 느꼈다. 방도 넓고 침대도 푹신푹신했다. 카트만두 이후에 오두막집의 딱딱한 나무 침대에서만 잤기 때문에 이 호텔에서의 숙박은 충분히 행복했다. 화장실도 수세식이었다. 다만 목욕은 할 수 없어서 여기서도 세숫대야에 뜨거운 물을 받아서 씻어야 했다.

이렇게 큰 호텔에 객실은 달랑 스물두 개. 하지만 호텔 이름대로 모든 방에서 에베레스트를 볼 수 있다. 아쉽게도 우리가 도착했을 때는 안개 때문에 밖은 새하얗기만 했다. 어쩔 수 없이 다음 날을 기대해보기로 했다.

해가 지자 기온이 순식간에 0도까지 떨어졌다. 방은 에베레스트를 볼 수 있도록 모두 북쪽을 향하고 있고, 건물도 석조라서 스산했다. 그래서 실내에서도 두꺼운 다운재킷과 다운팬츠를 입고 있었다.

저녁은 호텔 레스토랑에서 치킨커틀릿이 나왔다. 우리 팀 요리사가 만들어주는 식사도 나쁘지 않았지만 고기에 굶주려 있던 터라 다들 웃음이 새어 나왔다. 숙박객은 우리 일행이 전부여서 식사 후 큰 원형 난로 앞에서 느긋하게 쉬었다. 방으로 돌아와보니 침대 위에 고맙게도 온수팩이 놓여 있었다. 그날 밤은 꿈도 꾸지 않고 푹 잤다.

덕분에 다음 날 아침에는 눈이 일찍 떠졌다. 날씨가 어떨지 곧장 테라스로 나가보니 역시나 추웠다. 입김이 새하얗게 나오는 걸로 봐서 영하임이 틀림없었다. 내가 가장 먼저 일어났는지 멤버들의 방에는 아직 커튼이 쳐져 있었다.

밖은 여전히 안개가 자욱했다. 아무래도 오늘도 산을 볼 수 없겠다고 낙담하던 차에 해가 뜨더니 안개가 점차 걷히기 시작했다.

그리고 10분 만에 눈앞의 풍경이 완전히 달라졌다. 로체(Lhotse, 높이 8,516미터), 눕체(Nuptse, 높이 7,861미터), 탐세르쿠(Thamserku, 높이 6,623미터), 아마다블람(Ama Dablam, 높이 6,812미터) 그리고 에베레스트가 그 자태를 드러내며 6,000~8,000미터급 산들이 눈앞에 펼쳐졌다.

이런 걸 두고 '압권'이라고 하는구나! 그동안 허풍이 심한 단어라고 생각했는데 이 풍경을 보니 다른 말이 떠오르지 않았다. 테라스로 나온 멤버들도 탄성을 질렀다. 그러고는 한참 동안 조용했다. 이렇게 모두 아무 말 없이 드라마틱한 풍경을 바라봤다.

잘 왔다는 생각이 절로 들었고 이 경치를 구경할 수 있다는 것만으로도 보람이 있었다. 고산병이 얼마나 무서운지는 조금도 상상하지 못할 때였다.

트레킹 5일 차

정말로 떠나기 싫었던 기적의 호텔 에베레스트 뷰를 뒤로 하고 다음 목적지인 텡보체(Tengboche, 높이 3,860미터)로 향했다. 고도는 거의 변함없지만 약 400미터 높이를 내려갔다가 다시 올라야 하는 네 시간 산행이었다.

날씨가 쾌청해서 다행이었다. 몬순이 아직 끝나지 않은 애매한 시기라 별로 기대하지 않았는데 행운이 따라줘서 기분이 더 좋았다. 등산로에는 야크 배설물이 여기저기 흩어져 있었다. 경치에 사로잡혀 걷다가는 언제 밟을지 모르니 주의하며 걸었다. 마른 배설물은 바람에 날려 모래 먼지처럼 피어올랐다. 마시면 목이 아프다고 해서 반다나나 넥게이터로 코와 입을 틀어막았다. 하지만 산소가 적어서인지 숨쉬기가 곤란해서 코와 입을 막았다가 열기를 반복해야 했다. 한편 마른 배설물은 단순한 쓰레기는 아니었고 스토브 연료로 사용할 수 있다고 한다.

눈앞에는 산의 경사면을 가로지르는 길이 끝없이 펼쳐져 있었다. 계곡 아래로는 하천이 흐르고 있었고 주위에는 키 큰 나무가 없어서 산들이 어떻게 이어져 있는지 잘 보였다. 시야가 탁 트였다. 다만 고도 탓인지 아니면 피로한 탓인지 별로 긴 거리가 아닌데도 후반부터는 숨이 찼다.

텡보체에 도착하자 에베레스트가 눈앞에 보였다. 에베레스트 조망 포인트는 남체바자르 전망대와 에베레스트 뷰 호텔 그리고 텡보체라고 한다. 세 곳 모두에서 에베레스트를 보다니 행운이었다. 그러나 이전과 마찬가지로 정상 일부는 좀처럼 보이지 않았다. 이렇게 많이 걸었지만 여전히 에베레스트는 멀었다.

눈앞에는 높이 6,812미터의 아마다블람이 우뚝 솟아 있었다. 눈으로 덮인 암벽 표면도 또렷이 보였다. 아마다블람이라는 이름은 '어머니의 목 장식'이라는 의미인데 이름대로 정말로 우아한 자태를 하고 있었다. 눈으로 보기에는 마치 2~3킬로미터밖에 떨어져 있지 않은 듯 가까워 보였다. 이곳에 온

후로는 원근감을 제대로 느끼기가 어려웠다. 나를 둘러싼 자연이 너무나 웅대해서 뇌가 제대로 인지하지 못하는 듯했다.

텡보체에는 지역 최대의 사원이 있다고 해서 도착하자마자 참배하러 들렀다. 우리 일행은 화려한 빛깔의 문을 지나 제단 앞에 서서 멤버들의 무사를 기원하며 합장했다.

텡보체에서 머물 오두막집은 좁아서 방에는 간소한 침대만 덩그러니 놓여 있었다. 전날 숙소가 너무 호화로웠던 탓에 실망감이 배가되었으나, 히말라야에서는 지극히 일반적인 숙소라 불만스럽지 않았다.

저녁 식사 때 확인해보니 혈중 산소 농도가 조금 떨어졌지만 문제가 있는 수준은 아니었다. 다행히 컨디션도 안정적이었다. 스토브에서 타는 야크의 배설물 냄새와 화장실에서 새어 나오는 냄새가 신경 쓰였지만 이 정도는 참을 수 있다고 나 자신을 다독이며 잠자리에 들었다.

고도에 적응하기 위해 다음 날도 텡보체에서 보냈다. 그리고 7일째 아침에는 다음 목적지인 딩보체(Dingboche, 높이 4,410 미터)로 향했다. 여섯 시간이 걸리는 거리였다.

마침 에베레스트 마라톤이 열리는 날이었다. 매년 5월에 개최되는 행사였지만 그해에는 지진 때문에 10월로 연기된 것이었다. 에베레스트 마라톤은 높이 5,364미터인 베이스캠프에서 고도 3,440미터인 남체바자르까지 높이차 약 2,000미터를 달려 내려오는 세계 최고의 고지대 마라톤이다. 선수들은 출발점인 베이스캠프까지 11일간에 걸쳐 오른 것에 그치지 않고 풀 마라톤 경기까지 참가해야 하는 셈이니 그야말로 경이롭다고밖에 달리 표현할 길이 없다. 선수들은 굉장한 속도로 내리막을 달려 내려왔다. 그럴 때마다 걸음을 멈추고 길가로 비켜서서 박수와 환호를 보냈다.

이런저런 구경을 하다 보니 딩보체에 도착했다. 높이는 4,410미터다. 드디어 4,000미터가 넘는 고지대까지 올라온 것이다. 이 정도 올라오니 나를 비롯해서 기쿠치 씨, 슈즈맨스즈키 씨는 두통을 호소했다. 현기증에 얼굴이 붓고 구토와 설사 증상도 나타나기 시작했다. 그래도 드러누울 정도는 아니었고 식욕도 있었다. 혈중 산소 농도는 떨어졌지만 문제가 있는 수준은 아니라서 안심했다.

이런 우리에 비해 후카다 선생님과 대장은 고도가 높아지면서 컨디션이 더 좋아지는 듯한 모습이었다. 카트만두에 있을 때보다 안색도 좋고 표정도 살아났다. 도대체 이 사람들의 몸은 우리와 뭐가 다른지 의아했다.

오두막집의 창밖으로 눈을 돌리니 야크 몇 마리가 보였다.

줍키오도 근사하지만 야크는 더 크고 뭔가 관록이 있어 보였다. 존재감이 커서 멍하니 바라봤다.

밤에는 별이 아름다웠다. 물론 은하수도 보였지만 의외로 하늘에 별이 가득하지는 않았다. 하늘이 가까워서인지, 공기가 깨끗해서인지는 모르겠지만 가장 밝은 일등성들이 너무나 빛나서 작은 별들은 잘 보이지 않았다. 상상했던 모습은 아니었지만 별빛은 놀라우리만큼 눈부셨다.

트레킹 8일 차

이날은 고도에 적응하기 위해 딩보체에서 하루 더 머물며 자유시간을 갖기로 했다.

아침에 일어나 거울을 보고는 소스라치게 놀라고 말았다. 눈이 퉁퉁 부어 있던 것이다. 에베레스트에서는 높이가 1,000미터 올라갈 때마다 섭취하는 물의 양을 1리터씩 늘려야 한다. 즉 4,410미터인 딩보체에서는 4리터의 물을 마셔야 한다는 계산이다. 물 4리터라니! 이렇게 수분을 섭취해서 혈액을 순환시켜야 산소를 몸 구석구석까지 보낼 수 있고, 고산병을 예방할 수 있다고 한다. 내 몸이 부은 건 고산 적응이 원활하지 않다는 증거였다. 멤버들에게 수분 섭취를 더 해야 한다고 주의를 받았다.

그래서인지 컨디션이 썩 좋지 않았다. 식욕이 없어 아침밥은 반밖에 먹지 못했다. 지금 당장은 괜찮지만 앞으로 어떻게 될지 예상할 수 없었다. 몸을 움직여 혈액순환을 도와야 했지만 움직이면 바로 숨이 차서 아무것도 안 하고 가만히 있고만 싶었다.

낮에는 각자 하고 싶은 걸 하면서 시간을 보냈다. 산책을 하거나 와이파이를 이용할 수 있는 가까운 카페에 가서 쉬었다. 기념품 가게에서 쇼핑을 하거나 침대에 누워 쉬기도 했다.

문득 정원을 보니 후카다 선생님이 의자에 앉아 음악을 들으며 책을 읽고 있었다. 여유로운 그 모습이 웅대한 주변 경관에 녹아들어 근사해 보였다. 멤버들 모두가 나처럼 느꼈는지 어느새 선생님 주변으로 하나둘 모여들었다. 오래된 워크맨에서는 옛 노래가 흘러나왔다.

"이 테이프는 옛날에 히말라야를 함께 오를 때 잃은 동료의 유품이에요. 그 녀석도 여기서 나와 함께 이 노래를 들을 거라고 생각해요."

이 말에 순간 분위기가 숙연해졌다. 노래는 히말라야와 잘 어울렸다. 너무 좋아서 심장이 저려왔다. 누구 하나 입을 여는 사람 없이 그저 주위의 산을 바라보며 노래를 들었다. 힐끔 보니 다들 눈물을 흘리고 있었다.

이날 밤, 나는 컨디션이 나빠서 거의 잠을 이루지 못했고 두통과 구토가 멈추지 않았다. 몸을 뒤척이기만 해도 숨이 찼다. 물도 한 번에 마실 수 없어서 입에 머금고 코로 숨을 쉰 다음에 겨우 넘겼다. 이렇게 해도 숨이 찼다.

'이게 고산병인가? 자고 일어나면 괜찮을까?'

불안이 엄습해왔다.

다음 날 아침, 식당에 가보니 기쿠치 씨와 슈즈맨 스즈키 씨가 피곤한 얼굴로 앉아 있었다. 나와 기쿠치 씨의 혈중 산소 농도는 아슬아슬한 수치까지 떨어졌고 슈즈맨 스즈키 씨는 겨우 통과하는 정도였다. 후카다 선생님과 대장은 여전히 컨디션이 좋았다.

이날은 여섯 시간에 걸쳐 로부체(Lobuche, 높이 4,910미터)까지 가야 했다. 내가 불안해하는 걸 눈치챘는지 대장이 말했다.

"걸으면 산소 공급이 원활해지니까 출발하면 컨디션도 돌아올 거야."

이 말을 믿고 따를 수밖에 없었다.

등산로는 오르막과 내리막이 많지는 않았지만 너덜겅이라 걷기 힘들었다. 묵묵히 걸을 수밖에 달리 방도가 없었다. 날씨는 좋아서 6,000~7,000미터급 산들이 멋진 경관을 이루며 그

림처럼 펼쳐져 있었다. 하지만 내 눈에는 아무것도 들어오지 않았다. 신경을 온통 컨디션 조절에 집중한 탓이었다. 구토 증세도 여전했고 잠도 설쳐서 몸이 무거웠다. 그렇다고 나 때문에 산행이 지체되게 하고 싶지는 않았다. '괜찮아, 힘내야 해'라고 속으로 되뇌며 필사적으로 스스로를 다독였다.

가까스로 로부체에 도착한 건 오후 세 시경이었다. 예정된 시간을 맞춰서 다행이었다. 방에 들어가 짐을 정리하는데 몸 상태가 점점 더 악화하는 기분이었다. 높이 4,910미터인 로부체의 산소 농도는 평지의 절반이라고 한다. 두통, 어지러움, 구토, 부종 등 전형적인 고산병 증상이 나타났다.

저녁이 되어 식당에 가니 기쿠치 씨도 같은 증상을 보였다. 가능한 한 산소를 공급해줘야 한다고 해서 다 함께 노래를 부르기로 했다.

최종 목적지인 칼라파타르 정상까지는 앞으로 이틀이 더 남았다. 고락셉(Gorakshep, 높이 5,100미터)에서 1박할 예정이었고 로부체에서 칼라파타르까지 높이차는 600미터 정도밖에 남지 않았다. 여기까지 왔으니 끝까지 오르고 싶었다. 에베레스트를 더 가까이서 보고 싶었다.

그러나 이날 밤 내가 먹을 수 있었던 건 떡 하나가 전부였다. 기쿠치 씨도 거의 식사를 하지 못했다. 각자 방으로 돌아가 쉬었지만 증상이 심해질 뿐 호전될 기미가 보이지 않았다. 혈중 산소 농도도 상당히 많이 떨어졌다. 이런 몸 상태를 무엇에 비유할 수 있을까? 술꾼으로 오해할지 모르겠지만 '최악의 숙취'에 가깝다고 할까? 아무튼 뭐라 형용할 수 없을 만큼 괴로웠다.

다음 날 출발할 수 있을지가 걱정이었다. 이런 나를 지켜보던 가이드 I 씨가 "산소를 좀 마셔볼래요?"라고 제안했다. 물론 돈이 들지만 고산병이 낫기만 한다면 뭐든 하고 싶은 심정이었다.

효과는 발군이었다. 산소마스크를 입가에 대자마자 곧바로 혈중 산소 농도가 뛰어올랐다. 30분 동안 마시면서 잠이 들어 완전히 숙면했다. 잤는지조차 기억나지 않을 정도로 깊은 잠이었다. 산소가 이렇게 소중하다니! 이때는 내가 고산병을 극복했다고 믿었다.

하지만 착각이었다. 산소마스크를 떼자 곧바로 다시 힘들어졌다. 어찌 된 일인지 산소마스크를 착용하기 전보다 훨씬 더 힘들었다. 충분한 산소 공급에 적응한 몸이 산소가 절반으로 줄자 비명을 지르는 것이었다.

더는 잠을 잘 수가 없었다. 누워 있으니 가슴이 압박돼서인지 호흡하기가 어려웠다. 침대 머리맡에 베개를 세워 상반신을 일으켜야 했다. 다른 멤버에게 신경 쓸 여유가 없을 정도로 힘들어서 몰랐는데, 나뿐만 아니라 멤버 모두 각자의 고산병 증상과 싸우고 있었다.

기쿠치 씨도 산소마스크를 썼는데 심폐기능이 약해서 도중에 과호흡 증상을 보였다. 슈즈맨 스즈키 씨는 체온이 38.5도까지 올라 고열에 시달렸다. 후카다 선생님은 별다른 증상이 없었지만, 알고 보니 지난봄에 심장에 인공 심장 박동기를 심었다고 한다(후카다 선생님은 문제가 있을 거라고 전혀 생각하지 못했다고 한다). 이 사실을 뒤늦게 알고 당황한 I 씨는 지금까지 인공 심장 박동기를 심은 사람이 5,000미터 넘게 오른 기록이 없다며 대장에게 불안한 심정을 토로했다. 이 말을 듣고도 책임감이 강한 선생님은 계속 오르겠다고 완강한 모습을 보였다. 하지만 대장으로서는 그를 만류할 수밖에 없었다. 상황이 이렇게 되자 셰르파의 리더인 사타가 대장에게 "컨디션이 좋은 사람은 멤버들 중에 당신뿐이니, 당신만 칼라파타르에 가는 게 좋겠어요"라고 충고했다고 한다.

다음 날 아침, 간신히 침대에서 일어나 식당으로 향했지만 아침은 먹지 못했다. 대장이 "최소한 수분만큼은 섭취해둬"라고 해서 필사적으로 물을 마셨다. 기쿠치 씨도 역시나 힘든 모습이었다. 나도 마찬가지지만 얼굴이 엄청나게 부어 있었다.

슈즈맨 스즈키 씨는 아직도 열이 떨어지지 않았다. 혈중 산소 농도를 통과한 멤버는 대장과 슈즈맨 스즈키 씨뿐이었다. 가이드인 I 씨조차도 자신의 수치를 보며 곤란해했다. 대장의 결단이 필요했다.

"칼라파타르는 스즈키 씨에게 맡기겠습니다. 나머지 세 사람은 나와 함께 딩보체로 하산하시죠."

아무도 이의를 제기하지 않았다. 모두 이게 최선이라고 생각했다. 슈즈맨 스즈키 씨는 몸에 열이 있어서 컨디션이 완전히 정상은 아니었지만 의지도 강하고 표정도 밝았다. 곧장 짐을 싸고 출발 준비를 마쳤다.

기온은 0도까지 내려가 가까운 실개천에는 살얼음이 꼈다. 사타와 짐꾼 두 사람과 함께 슈즈맨 스즈키 씨는 칼라파타르로 향했다. 나머지 일행은 슈즈맨 스즈키 씨 일행이 눈에서 보이지 않을 때까지 배웅한 후 하산 준비를 했다.

이틀 동안 거의 잠을 자지 못해서 몸이 휘청거렸다. 배낭은 셰르파가 들어줘서 스틱에 의지하며 하산했다. 구토 증세와 두통도 여전했고 다리가 후들거려 몇 번이나 돌부리에 걸려 넘어질 뻔했다.

여섯 시간 만에 가까스로 딩보체에 도착하고는 얼마나 안심했는지 모른다. 신발을 벗기에도 벅차서 옷은 갈아입지도 못한 채 그대로 침대로 기어들어갔다. 이날은 줄곧 잠만 잤다.

다음 날 아침 눈을 떠보니 몸 상태가 놀랄 만큼 정상으로 돌아와 있었다. 게다가 너무 허기져서 아침 식사를 말끔히 해치웠다. 두통도 구토 증상도 거의 없었다.

'겨우 500미터 내려왔을 뿐인데 이렇게 몸 상태가 달라지는구나!'

참으로 신기한 일이라고 생각했다. 이제서야 고도에 적응한 듯했다.

기쿠치 씨도 컨디션을 되찾은 듯했다. 순간 로부체로 다시 오를 수 있을 것만 같았다. 이런 우리들을 보고 셰르파가 눈앞에 우뚝 솟은 낭카르트샹 피크(Nangkar Tshang Peak, 높이 5,100미터)에 가보자는 제안을 했다. 당연히 있는 힘을 다해 올랐다. 칼라파타르는 무리였지만 높이 5,000미터를 경험할 수 있는 기회였다.

슈즈맨 스즈키 씨는 원래 다음 날 돌아올 예정이었는데 이날 저녁에 동행한 짐꾼이 먼저 내려왔다.

"스즈키 씨는 무사히 칼라파타르에 등정했어요. 로부체에서 숙박하지 않고 곧장 내려오고 있어요. 다른 일행은 두 시간 후에 여기에 도착할 거예요."

이 말을 듣고 우리는 바로 언덕 위에 올라 그를 맞이할 준비를 했다. 드디어 먼발치에서 슈즈맨 스즈키 씨와 사타의 모습이 보였다. 걸음걸이는 느렸지만 힘찼다. 우리는 손을 크게 흔들었다. 이를 본 슈즈맨 스즈키 씨도 손을 흔들어줬다. 마지막 오르막을 올라와 우리 앞에 섰을 때는 좀 멋쩍었는지 어깨를 으쓱했지만 표정만큼은 해맑았다.

"어서 와요. 고생했어요. 축하해요."

몇 번이나 악수와 포옹을 나눴다.

슈즈맨 스즈키 씨는 칼라파타르 정상의 경치가 얼마나 좋았는지 한참 이야기해줬다. 세계 최고봉인 에베레스트는 물론이고 눕체, 초오유(Cho Oyu, 높이 8,201미터), 탐세르쿠, 캉테가(Kangtega, 높이 6,782미터) 등 고봉이 눈앞에서 압도적인 위세를 자랑하며 360도 파노라마로 펼쳐졌다고 한다. 나는 오르지도 않았는데 그 모습이 눈앞에 선했다.

칼라파타르에 등정하지 못해서 아쉬웠지만 그저 슈즈맨 스즈키 씨가 등정해준 것만으로도 기쁘기 그지없었다.

"한 명이라도 정상에 섰으니 성공입니다. 멤버 전원의 영예예요."

사타의 말이 진심으로 느껴졌다. 이날 밤은 오두막집에서 축하 파티를 벌였다. 멤버 모두는 트레킹을 시작한 루클라에서부터 술을 한 모금도 입에 대지 않았다. 금주령이 풀리자 맥주와 지역 술을 마셨다. 셰르파, 요리사와 요리 보조, 짐꾼까지 모두 함께 모여서 마시고 웃고 떠들고 춤추며 즐겁게 등정의 마지막을 함께했다.

에
필
로
그

　나에게 에베레스트 트레킹은 잊을 수 없는 산행이었다. 끔찍했던 고산병조차도 지금은 좋은 추억으로 남았다.

　카트만두에서 일본으로 귀국한 직후에 대장이 말했다.

　"히말라야에 다녀오면 향수병에 걸리는 사람이 많대. 일상생활에 지장이 생길 정도로 무기력해지기도 하나 봐. 다시 산에라도 가서 부지런히 몸을 움직이자."

　역시나 대장 말처럼 일상생활에서 현실감이 떨어졌다. 일도 손에 잡히지 않았고 이상하게 히말라야만 생각났다. 히말라야에서의 순간들이 아름답고 행복했지만 이 정도일 줄은 몰랐다. 나만 그럴까 했는데 슈즈맨 스즈키 씨도, 기쿠치 씨도 마찬가지였다.

이래선 안 되겠다 싶어서 오랜만에 아사마산으로 향했다. 단풍이 물들기 시작한 삼림대를 걸으니 기분이 조금씩 안정되었다. 익숙한 풍경, 오랜만에 맡는 바람 냄새, 맑은 공기, 한 줄의 비행운.

심호흡을 하니 상쾌한 공기가 폐 한가득 들어왔다. '아아, 이게 산소구나!' 실감이 났다. 항상 힘들었던 오르막도 그때만큼은 기쁜 마음으로 올랐다.

시야가 트이는 곳으로 나가자 단아한 산들의 산등성이가 눈에 들어와 발길을 멈췄다. 그 광경을 바라보면서 이런 생각이 들었다.

히말라야의 산들은 역시 멋있었다. 세계 명산임이 틀림없었다. 하지만 여기에 있는 산도 남부럽지 않다. 높이만으로 명산을 가르는 건 아니니까. 이렇게 계절마다 다른 모습으로 기다리고 있잖아. 여기에는 전문 산악인을 긴장시키는 거친 산도 있고 나 같은 초보자도 품어주는 상냥한 산도 있다. 이게 바로 산의 매력이구나!

시작은 루이를 위해 가루이자와로 이사를 오면서부터였다. 등산은 루이를 잃고 공허했던 나날을 보내던 나에게 버팀목이 되어주었다. 이제는 등산이 나의 새로운 일상이 되었다. 가끔은 신기하다는 생각이 들기도 한다.

'내가 산에 오르다니…….'

요즘에는 다른 산을 찾고 있다. 여전히 오르고 싶은 매력적인 산이 수없이 많다. 그리고 이상하게 눈에 밟혀 또다시 오르고 싶은 산도 있다.

산과의 만남은 나 자신과의 만남이기도 하다. 체력이 닿는 한 가장 나답게 등산을 즐길 것이다. 앞으로도 계속.

*《쇼세쓰 호세키(小説宝石)》 2016년 5월호~2017년 9월호에서 연재된 내용을 바탕으로 구성함.

옮긴이 | 신 찬

인제대학교 국어국문학과를 졸업하고, 한림대학교 국제대학원 지역연구학과에서 일본학을
전공하며 일본 가나자와국립대학 법학연구과 대학원에서 교환학생으로 유학했다. 일본에서
한류를 비롯한 한일 간의 다양한 비즈니스를 체험하면서 번역의 중요성과 매력을 깨닫게 되
었다. 현재 번역 에이전시 엔터스코리아에서 출판 기획 및 일본어 전문 번역가로 활동 중이다.
주요 역서로는 『읽지 않으면 후회하는 성공을 부르는 5가지 작은 습관』, 『어라 수학이 이렇게
재미있었나』, 『생명의 신비를 푸는 게놈』, 『성공을 부르는 1%의 기적』, 『무인양품은 왜 싸지도
않은데 잘 팔리는가』, 『예민한 게 아니라 섬세한 겁니다』 등 다수가 있다.

핸드백 대신 배낭을 메고

초판 1쇄 인쇄 2019년 4월 22일
초판 1쇄 발행 2019년 4월 29일

지은이 유이카와 케이 **옮긴이** 신찬

발행인 이재진 **단행본사업본부장** 김정현
편집주간 신동해 **편집장** 이남경 **책임편집** 황인화
디자인 최보나 **마케팅** 이현은 문혜원 **홍보** 박현아 최새롬
국제업무 최아림 박나리 **제작** 류정옥 **교정교열** 신혜진

브랜드 웅진지식하우스 **주소** 경기도 파주시 회동길 20
주문전화 02-3670-1595 **팩스** 031-949-0817
문의전화 031-956-7359(편집) 02-3670-1024(마케팅)
홈페이지 www.wjbooks.co.kr
페이스북 www.facebook.com/wjbook
포스트 post.naver.com/wj_booking

발행처 ㈜웅진씽크빅 **출판신고** 1980년 3월 29일 제406-2007-000046호
한국어판출판권 ⓒ 2019 Woongjin Think Big
ISBN 978-89-01-23066-5 03830